SANDRA
BROWN

偷心計畫

原書名：29封情書

珊黛‧布朗（Sandra Brown）◎著

辛寧◎譯

「你曉得我一向喜愛下雨天，與心愛的人一起找地方躲雨的情境最為溫馨動人。」

「我願以過去所得及未來將得的一切禮物交換你一個親吻，一個綿綿不絕、心滿意足而又神魂顛倒的吻。」

「有時對你的感覺不太真實，彷彿你只是夢中一個思慕的人。我需要知道你愛我，正如我全心全意地愛你……」

＊ 故 事 大 綱 ＊

凱嵐的丈夫理查·史楚德中士派駐於遙遠的異國，她在信中道盡了被相隔千山萬水的夫妻，緊緊牽繫在一起的深情蜜意。豈料一場悲劇斬斷了早夭的婚姻，凱嵐與剛出生的兒子從此成了孤兒寡婦。理查身後只留下一只裝滿愛妻真情告白之書信的鐵盒。

睿甫·路爾是理查生前的摯友，攜帶著凱嵐的信自軍中退役返家。每展讀一封信，他便對這位溫柔婉約、情感洋溢的女子加深一分愛意。而今他需要讓凱嵐相信他的愛，相信他們都有資格走過理查橫死的悲劇人生，得到幸福。

然而睿甫深藏著一份秘密，卻足以摧毀他千辛萬苦所護衛的愛。

「做得很好，凱嵐。呼吸要淺而快，對了，很好，非常好。感覺怎樣？」

「累死了。」

「我能瞭解，但是我們得繼續努力。快跟著陣痛用力，就是這樣。再用力點。」

劇烈的分娩陣痛襲來，產檯上的年輕女子咬住了牙根。當陣痛暫緩時，她強迫身體放鬆，儘管整張臉脹得通紅，卻露出光采。「看到頭了嗎？」

話才一出口，又一陣痛楚襲來，她使盡吃奶之力，拚命推擠。

「看到了，」醫師答道。「再用力推……對了……出來了。太好了！」他喊道，一個新生命滑進等待的雙掌裡。

「男孩還是女孩？」

「男孩。很帥的小傢伙，也很結實。」

「而且肺活量超強。」醫生低頭對凱嵐微笑道。

「男孩。」她喜悅地低語，讓那陣可喜的鬆弛感蔓延全身，躺回產檯。「讓我看看他。他一切完好吧？」

「完美無瑕。」醫師向她保證，同時舉起又哭又扭的嬰兒給母親過目。

見到兒子，凱嵐的雙眼刺痛地湧出淚水。「亞倫。我們要給他取名為亞倫‧鮑爾‧史楚德。」她獲准將孩子抱在胸前片刻，內心百感交集。

「任何父親都會為這個孩子感到驕傲。」護士從凱嵐虛弱的雙臂中抱起嬰兒，用柔軟的毛巾包好，帶到產房另一頭去量體重。醫師則為凱嵐做術後處理，儘管生產過程極為順利與正常。

「多快可以通知妳先生？」醫師閒聊地問。

「我的父母就在產房外，爸爸答應要拍電報給理查。」

「他有四千一百公克。」護士在產房一端喊道。

產科醫師脫掉手套，輕握凱嵐無力的手。「我現在就出去報喜，讓他趕緊去拍電報。妳說理查派駐在哪裡？」

「埃及，開羅，」凱嵐只顧看著正在量腳丫子的亞倫踢動的雙腳，心不在焉地答道。他真漂亮，理查必然會以他為榮。

亞倫在黃昏出生，她順理成章地睡了一夜的好覺。雖然尚未分泌乳汁，而亞倫也不餓，但夜班護士仍兩度將他抱過來給她。懷抱著他溫暖的小身體有種無法言喻的喜悅，母子倆以她未曾經歷過的方式相互溝通。

她仔細檢查他，將兩隻小手翻過來，掰開握得牢牢的小拳頭，細看他的雙掌。從腳上的每一根趾頭，頭上的每一縷毛髮，到他的兩隻耳朵，無不一一檢視，肯定完好無缺。

　　「你爸爸和我都非常愛你。」她昏昏欲睡地低語，將他交還給護士。

　　一大早，她就被醫院裡洗衣房手推車吱嘎出聲、早餐餐盤鏗鏘作響、醫療設備車轆轆轉動的各種聲響吵醒，正在大打呵欠及伸懶腰的當兒，父母走進單人病房。

　　「早啊，」她快樂地打招呼。「你們怎會先來病房，而不是跑到嬰兒室把鼻子貼在玻璃窗上？不過他們還沒拉開窗簾──」留意到雙親陰霾的臉色，她沒再往下說。「發生了什麼事嗎？」

　　克里夫與梅格‧鮑爾互望一眼。梅格抓著提包的指節都泛白了，克里夫則像剛嚥下一口苦藥般愁眉不展。

　　「媽，爸，怎麼回事？噢，天啊！寶寶？亞倫？亞倫出事了嗎？」凱嵐手忙腳亂地掀開床罩，不顧雙腿間的劇痛，一心只想衝向醫院走廊趕到嬰兒室。

　　梅格趕到床邊阻止女兒。「不。寶寶很好，他沒事，我保證。」

　　凱嵐的雙眼瘋狂地搜索雙親的表情。「那出了什麼事？」她已在驚慌的邊緣，聲調也尖銳起來。她的父母很少大驚小怪，他們出現如此沮喪的神色，著實令人惶恐。

　　「甜心，」克里夫‧鮑爾按著女兒的手臂輕聲說。「今天早上有個不幸的消息。」他再次求救地看看妻子。「美國駐開羅的大使館今早遭到炸彈攻擊。」

　　一陣強烈的顫慄撼動了凱嵐的胃部與胸膛，她頓時口乾舌燥，

雙眼也忘了眨動，心臟在猛然跳躍一頓之後，才又有氣無力地開始跳動。當她明白父親的話時，一顆心逐漸增加衝力，在恐懼中狂奔起來。

「理查呢？」她嘶啞地問。

「我們不清楚。」

「告訴我！」

「我們不清楚。」她父親堅稱。「一切都還在混亂之中，就像貝魯特爆炸那回。官方的報告什麼都沒說。」

「打開電視。」

「凱嵐，我覺得妳不該──」

不理父親的警告，她一把抓起床頭櫃上的遙控器，打開對面牆上的電視。

「⋯⋯破壞範圍目前尚無法估計。總統宣稱此次恐怖分子的炸彈攻擊行為是一大暴行，對全球諸多維持和平的國家無異為一大羞辱。英國總理──」

她換頻道，顫抖的手指猛敲遙控器上的按鍵。

「⋯⋯慘痛代價，但官方公佈死傷人數可能需要數小時，甚至數天。海軍陸戰隊已經出動部隊，並聯合埃及軍方正在清理瓦礫廢墟，搜尋生還者。」

攝影效果很差，呈現出美國大使館廢墟周遭的混亂場面。鏡頭突然閃動且失焦，開始到處亂轉，且未經剪輯。「主使這場炸彈攻擊的恐怖組織，自稱──」

凱嵐又換頻道，只看見更多相同的報導。當攝影畫面掃過現場，她看到一具具覆蓋的屍體整齊排放在地面，不由得扔下遙控

器,用雙手蒙住臉孔。

「理查,理查!」

「親愛的,不要放棄希望。他們認為還有生還者。」梅格的安慰之言有如丟在大海,她緊緊抱住淚如雨下的女兒。

「爆炸發生在開羅時間的凌晨,」克里夫說。「早上我們剛起床就接到通知。現在只能等待,但早晚會接到理查的消息。」

理查的消息在三天後由一名海軍陸戰隊官員親赴鮑爾家按鈴送達。凱嵐一瞥見自己下意識一直在等候的軍用轎車在人行道旁停下,立刻了然於胸。她揮開父親,獨自前去應門。

「請問是史楚德太太嗎?」

「是的。」

「我是郝金斯上尉,負責前來通知妳……」

「親愛的,真是太棒了!」凱嵐歡呼道。「你為什麼垂頭喪氣?我還以為你會很高興呢!」

「傷腦筋,凱嵐,我不願意在妳懷孕的期間遠赴埃及。」理查說。

她撫摸他的頭髮。「我承認這也是我不喜歡的理由,但這是榮譽的任務,並非每一名海軍陸戰隊人員都有資格派駐大使館,因為你最優秀的,才會上榜。我為你感到非常驕傲。」

「我可以不去,我申請──」

「這是千載難逢的機會,理查。如果你為了我而放棄這份榮

耀，你想我會安心嗎？」

「但任何事都比不上妳和寶寶。」

「我和寶寶會安然在家。」她擁抱他。「這會是你最後一趟駐外任務，也是絕無僅有的大好機會，這趟任務結束就沒有了。」

「我不能丟下妳一個人。」

「你離家期間，我會搬去與爸媽同住。這是他們的第一個孫子，又是電話又是探望，快把我弄瘋了。搬去與他們同住，也可以讓大家都省點事。」

他捧住她的臉。「妳真是了不起，妳知道嗎？」

「這表示我不必擔心你會迷上那些神秘的東方美女了嗎？」

他做思索狀。「妳會跳肚皮舞嗎？」

她往他的小腹揮了一拳。「我的肚皮很快會挺起來，那豈不更有看頭。」

「凱嵐。」他將手指伸入她的秀髮，溫柔地說道。「妳確定要我這麼做？」

「確定。」

七個月前的一席談話，在凱嵐凝視覆蓋著國旗的棺木時，閃過腦海。一支小號吹出昂揚的安息曲，但被淒厲的寒風驅散在墓園裡。身著制服的海軍陸戰隊護柩人員，全體肅立，耀眼非凡。

理查永眠於雙親之旁。早在凱嵐邂逅理查之前，他的父母即已在一年之內相繼亡故。

「遇見妳之前，我在世上是孤伶伶的一人。」

「我也是。」

「妳有爸媽啊！」他有點不解地提醒她。

「可是我從未像跟你在一起時，這麼有歸屬感。」

由於兩人相愛至深，他也有同樣的感覺。

理查的遺體在封棺之後以船運返故鄉，當局曾勸囑她不要開棺，用意很明顯。美國大使館只剩一堆煙塵瀰漫、歪七扭八的石塊與鐵條。由於炸彈攻擊時間在清晨，多數外交組員與職員仍未上班，這批包括理查在內的罹難者，均是住在大使館宿舍的軍方人員。

克里夫·鮑爾的一位好友以私人飛機載送鮑爾家前往堪薩斯參加葬禮。受限於亞倫的哺乳時間，凱嵐一趟只能離開數小時。

當她接過從棺木移除下來、依禮節摺疊的國旗時，不禁渾身顫抖。少了覆棺的國旗，那具棺木顯得好赤裸，她荒謬地想：不知理查會不會冷？

噢，上帝！她在心裡無聲狂叫，「我必須把他扔在這裡！」這教她怎麼做得到？她怎能丟下彷彿是黃土大地上一個猙獰、撕裂傷口的新墳，就此轉身而去？她怎能鑽進私人飛機飛回德州，將理查遺棄在這突然間令她深惡痛絕的不毛之地？

寒風呼號，猶如慟哭。

但她會回去，也一定得回去，因為她別無選擇。肉身的理查已死，但新生的理查正在等待她回家。那就是亞倫。

當牧師吟詠告別式的禱文時，凱嵐也在心裡祈禱。「我發誓我會讓你活著，理查，永遠活在我的心中。我愛你、我愛你。你對亞倫和我而言永遠存在，因為我會一直讓你永存人間。」

他整個被包覆在一團棉球裡。偶爾地，外在的世界會侵入他雲朵狀的束縛，造成嚴重的干擾。所有的聲響都喧囂不堪，一點點的動作以他的感覺都彷彿地動天搖，任何光源都帶來極大的痛苦，他受不了任何外在的侵犯，只想躲在平靜、祥和的深淵裡。

然而干擾越來越頻繁。他被一股無法理解的力量所驅迫，想要踏踏實實地去聽、去感覺，戰戰兢兢地捕捉任何一絲他仍然活著的跡象。他緩緩往上爬，爬出那處白霧迷離的安全之所，面對恐怖的未知。

他是躺著的，呼吸著，心在跳動。

「你能聽見嗎？」

他努力把頭朝聲音的方向轉過去，但頭殼裡宛如有亂槍橫掃，交錯縱橫，劇痛不堪。

「你醒了嗎？能夠回答我嗎？很痛嗎？」

他千辛萬苦地鼓動舌頭伸到嘴外，想舔濕雙唇，但口腔內乾燥而苦澀。他覺得臉部有種奇怪的感覺，而且就算沒這麼痛，他可能也無法轉動頭部。他小心翼翼地抬起右手。

「不不，躺著別動，你這隻手臂在打點滴。」

他費盡力氣終於讓眼睛睜開一條縫。他的睫毛放大，形成簾幕擋住視線，他幾乎可以一根根地數出來。他好不容易將睫毛稍稍抬起來，眼前出現一道晃動的影子，宛如半空中的天使。白色制服、女性、帽子……是個護士嗎？

「嗨，感覺怎樣？」

蠢問題，小姐。

「這裡……？」那嘎啞的嗓音是他的嗎？

「西德的陸軍醫院。」

西德？西德？他昨晚鐵定爛醉到超乎想像，之後就做了這個荒唐至極的夢。

「我們一直非常擔心你的情況，你已經昏迷三個星期。」

昏迷？三個星期？不可能。昨晚他和上校的女兒一起出去，他們逛遍了開羅每一家夜店。為何這夢中天使說他昏迷……在哪裡？西德？

「你若是覺得看不清楚，不要緊張，因為你的左眼包紮起來了。」護士和善地說。「快躺好，我去請醫師過來。必須讓他知道你醒了。」

他沒聽見她離開的聲音。一會兒人在這裡，一會兒便消失不見。說不定她只是個想像。夢境總是離奇。

四壁似乎晃動不已，讓人眩暈。天花板一下漲大一下縮小，沒有靜止的片刻。從一盞檯燈射出的光線刺痛他的眼睛……眼睛。

她剛才說他的左眼包紮起來。為什麼？他不顧警告，再度抬起右手。抬手的動作非常困難，臂上固定點滴針頭的膠帶拉扯著汗毛，他像花了永無止境的時間才將手抬到頭部，一碰到頭，才明白剛才那陣亂七八糟的劇痛從何而來。

我該死的腦袋整個紮滿了繃帶！他竭盡所能地從枕頭上抬起頭（其實也才一兩吋），然後往下看自己的身體。

不出數秒，一陣宛如從地獄底層直竄上來的嚎叫響徹大廳，使得護士及醫師由走廊直奔病房。

「我壓住他，妳給他打一針，」醫師大喊。「他這樣亂踢亂

打，會毀掉我們到目前為止所做的一切。」

病人感覺右大腿挨了一針，因為自己無法說話、無法動彈、無法反抗而憤怒挫折地狂叫。

黑暗再度籠罩，撫慰的雙手將他推回枕頭上。頭才碰到枕頭，他已經不省人事。

他醒醒睡睡數天……或數週？他沒有任何可計算時日的依據。但他開始知道何時更換點滴瓶，何時量血壓，何時導管及尿管在他連接監視器的身體裡抽進抽出。一次他認出護士，一次則是聽出醫師的聲音，但他們彷彿鬼魂般在他身邊飄來飄去，在幽然迷茫的夢境中不時前來探視他。

漸漸地，他清醒的時間開始增長。他熟悉了病房，熟悉了那些閃閃爍爍和嗶嗶作響、監測生命跡象的儀器，他也越來越意識到自己的身體狀況。他知道事態嚴重。

這天，醫師看著鐵夾板上的病歷走進房門時，他正好醒著。「嘿，你好，」醫師發現病人望著他，開口說道。他做完例行檢查，靠在床邊。「你知道自己躺在醫院，而且傷勢不輕嗎？」

「我……出了車禍？」

「不是，路爾中士。一個月前，美國在開羅的大使館遭到炸彈攻擊，你是爆炸中少數的倖存者之一，你在瓦礫堆中被挖出之後，立刻被飛機送到這裡。等你康復，就可以搭船回美國。」

「我……哪裡有問題？」

醫師微微一笑。「說哪裡沒有問題比較快。」他摩挲下巴。「要我直說嗎？」

一個輕微到幾乎看不出來的點頭，鼓勵醫師直言。「你的左半身被倒塌的混凝土牆壓碎，就算不是血肉模糊，也幾乎每根骨頭都被壓斷了。能做的我們都做了，其餘的，」他停下來深深吸口氣。「要等你回美國繼續接受專家的治療。你得熬上一段很長的時日，朋友，我估計最少八個月，不過再加兩倍時間可能是更精確的推算。兩三個手術，幾個月物理治療。」

　　那張紮滿繃帶的臉所流露的悲慘神色，令人不忍卒睹，即使這位曾在越南戰場贏得光榮臂章的醫師也不例外。

　　「那我……會……？」

　　「你現階段的癒後狀況人人都說不準，多半要靠你自己，加上十足的決心。你有多想再站起來走路？」

　　「我想跑步呢！」這名海軍陸戰隊軍官狠狠地說。

　　醫師差點笑起來。「很好。不過你現在的任務是讓自己一天比一天強壯，讓我們把你治好。」

　　醫師輕輕拍了拍他的右肩，轉身離去。「醫師？」沙啞的聲音讓醫師又轉回來。「我的眼睛呢？」

　　醫師低頭同情地看著病人。「很抱歉，路爾中士，我們沒能保住它。」

　　醫師快步離去，藉以掩飾喉間嚴重的梗塞。順著那張佈滿鬍髭的憔悴臉頰淌落的一滴清淚，是他見過最刻骨銘心的絕望景象。

　　翌日，喬治‧路爾獲准探視兒子。他來到病床邊，緊握住睿甫的右手，緩緩坐進旁邊的椅子。睿甫從未見父親哭過，縱使數年前他母親過世那時。而現在，這位能讓說謊的證人為之喪膽的費城律師卻是老淚縱橫。

「我的模樣一定比我想像的可怕許多，」睿甫帶一絲自嘲的幽默說。「您很震驚？」

老路爾振作起來。醫療人員曾警告他，要他務必表現出樂觀的態度。「沒有，我沒有很震驚。你首次抵達醫院時，我比你早幾小時趕到，並且見到你當時的模樣。你可能不覺得，不過你已經有很大的進步了。」

「那麼當時一定更可怕，因為我現在覺得生不如死。」

「你昏迷的期間，他們一天只讓我見你一次，你開始清醒後，他們索性完全禁止我來看你。你會復原的，兒子，你會。我已經跟美國的整型外科醫師談過──」

「幫我一件事，爸爸。」

「任何事，任何事。」

睿甫上一回與父親見面時，兩人是不歡而散的。要不是睿甫此刻另有牽掛，一定會發現父親對他的態度已有一百八十度的改變。

「查一下傷亡名單，看看理查‧史楚德是否逃過一劫。」

「兒子，你不該擔心──」

「你幫不幫我查？」睿甫呻吟道，父親的探視對他的身體已是個莫大的負擔。

「會的，我當然會幫你查，」見兒子一臉焦慮，喬治趕緊應允。「你說理查‧史楚德？」

「是的，理查‧史楚德。」

「你的朋友？」

「是啊！我得跟老天祈求他沒死，萬一他死了，那真的是我的過錯。」

「怎會是你的錯，睿甫？」

「因為我記得的最後一件事是，我倒在他的床舖上睡著了。」

「喂！理查‧史楚德？醒來沒，老兄？」

「現在當然醒了，」床上的人不悅地回答。「天哪！浪子，現在是半夜三點。你喝醉了，對不對？」

「再來一杯？」

理查‧史楚德從床上坐起來，甩掉睡意。「你的週末之夜八成很痛快。」

「超過癮的。你有沒有喝過性高潮？」

理查‧史楚德大笑。「這小子果然醉昏頭了。來吧！我幫你脫掉長褲。」

「性高潮，性高潮。昨晚有三次，說不定四次？」

「四次？即使是你，也是創記錄吧？」

一根抖個不停的手指戳到理查‧史楚德的鼻端。「嘿，理查‧史楚德，你老是把我往最壞的方向想。我說的可是『雞尾酒』，酒名叫『性高潮』，用伏特加、利口酒和……褲子脫掉沒？」

「你得抬腳，才脫得下來。」

「哎！」睿甫‧路爾一頭栽在理查‧史楚德的床上，將理查‧史楚德也拖倒下去。「你知道貝琪嗎？」他傻笑地問。

「是布蘭達吧！」理查‧史楚德答道，忙著掙開交纏的手腳。

「喔，是啊！想起來了，她應該叫布蘭達。一雙美腿。」他對著幫他脫襯衫的理查‧史楚德邪氣地眨眼睛。「一雙熱辣有勁的

腿，懂我的意思嗎？」

理查‧史楚德搖頭低笑。「是啊！我懂你的意思。不過我不覺得丹尼爾上校會喜歡你說他女兒有雙熱辣有勁的腿。」

「我覺得我愛上她了。」睿甫用那種只有醉漢才有的認真語氣說，中途還打了個口沫橫飛的酒嗝。

「那當然。上星期你愛上三樓褐髮的秘書小姐，上上星期是聯合通訊社金髮的記者。來吧！浪子，我扶你回自己的床。」

理查‧史楚德將雙臂架在睿甫的臂下，想將他抬起來，但這傢伙奇重無比，動都不動，只顧對他咧嘴傻笑。「我有個更好的主意，」理查‧史楚德對根本抬不動的睿甫說。「今晚你乾脆睡我的床算了。」

睿甫往後倒向枕頭。理查‧史楚德摸過黑漆漆的房間到睿甫的床位，躺下來準備重拾睡眠。

「晚上安眠喔！」

理查‧史楚德抬頭看見睿甫像個傻蛋似的對他猛搖手指，他笑著答道：「晚安。」

在兩人睡醒之前，恐怖分子發動了攻擊。

睿甫的復原過程比他的預期更為困難，而他的預期已是人間地獄。

他在西德的醫院又待了一個月才返美。為他做檢查的醫療專家個個臉色凝重，搖頭不迭。他左半邊的身體幾乎一塌糊塗。

「醫好它，」睿甫言簡意賅地說。「你做你能做的，剩下的我來。不過你可以篤定相信，我會用我的腳離開這裡。」

　　他要護士將大使館爆炸的新聞資料一一唸給他聽，他的情緒先是不可置信而後經歷絕望的階段，最後到達憤怒。憤怒是健康的情緒，給了他所需的力量去與痛苦奮戰，去克服一次又一次的手術所帶來的創傷，去承受令人精疲力盡、漫長無比的物理治療。

　　他即將出院的消息獲得證實之後，他開始將海軍陸戰隊的平頭留長，且要每天早上來為他刮臉的護士留住嘴唇上方的鬍子。他拒絕裝置義眼。

　　「我覺得這樣看起來……很炫。」一名護士說。有數名護士聚集在他的病床邊，看醫師為他配戴一只黑色眼罩。護理站一半的護士全都愛上了他。這麼大範圍的受傷並未削弱他強壯、結實的體格，護理站裡一天到晚都有人在讚美及討論他粗獷又英俊的相貌、修長的四肢、寬闊的胸膛及窄小的臀部。

　　「黑眼罩跟你波浪式的黑髮很配。」

　　「等你出院後，你必須揮動棍子才能阻止女人靠近你。」

　　「你是說用枴杖吧？」睿甫答道，利用某人遞給他的手鏡端詳黑眼罩。

　　「先不要氣餒，」醫師鼓勵道。「我們才剛開始呢！」

　　他只能從病房窗外的風景觀察季節的變化。日子一天接著一天過去，他靠著床頭櫃上一本日曆來記錄時間，且每天至少記下一件事情。

　　一天午後，有個偶爾會在下班後過來陪他打打撲克牌的勤務兵，將一只旅行袋砰地放在床邊的椅子上。

　　「那是什麼？」

　　「他們從你在開羅的宿舍所能收拾到的雜物，」勤務兵告訴他。「你爸爸覺得你可能想看看有無值得保存的物品。」

「沒有」。不過有樣東西引起他的注意。「請把那只鐵盒拿給我。」

那是一只不起眼的方形綠盒，盒蓋上有鉸鍊，暗碼鎖只能設定一個數字，不可思議的是，他居然還記得號碼。他開了鎖，打開盒蓋。

「裡面是什麼？」勤務兵從睿甫的肩上往盒裡瞧。「像是一疊信。」

睿甫覺得胸口緊迫，喉嚨也在壓縮，幾乎無法說話。「的確是一疊信。」

他直到現在才記起這些信，那天中午的情景突然歷歷在目。

「嘿，浪子？」

「嗨，理查·史楚德，什麼事？」

「你知道，你那個存放打牌籌碼的鐵盒？」

「怎樣？」

「介意我把這些信放進盒裡，以策安全嗎？」理查·史楚德有點尷尬地舉起用橡皮筋束起來的一疊信。

「哼，這是那個讓你守身如玉的老婆寫來的信？」

「是啊！」他有點不好意思地答道。

「沒想到她會寫信。」

「什麼？」

「我不知道天使也會做這麼世俗的事。」睿甫調侃他，用手肘撞向好友的肋骨。

「拜託，別跟著鬧。已經有一堆傢伙拚命撞我的肋骨，取笑我保留著她的信，但我想要多看幾次。」

「害相思病了？」睿甫碧綠的眼珠頑皮地閃爍。

「倒也不是，純粹是個人的習慣。放在鐵盒裡可以吧？」

「當然可以，拿去鎖在裡面。想要打開鐵盒，只要轉到四就可以。」

「四？謝了，浪子。」

他在理查‧史楚德轉過身去時抓住他的手臂。「真的沒害相思病？」

理查‧史楚德咧嘴而笑。「咳，一點點而已啦！」

之後他們便出去喝啤酒，這是睿甫對於理查‧史楚德妻子寫來的信最後的記憶。直到現在。

他用力關上盒蓋，感覺彷彿從理查‧史楚德的臥室窗外偷窺夫妻親熱般，感到良心不安。「把其他的廢物都丟了吧！」他暴躁地說。

「你要留著鐵盒裡的信？」勤務兵問。

「是的，我要留著。」

他不明白為何留下那些信。也許跟他活下來而睡他床舖的理查‧史楚德卻罹難身亡的罪惡感有關。這天下午在做手部及肩膀訓練時，他告訴自己無數次，不要看那些信，那是侵犯死者的隱私。

然而到了夜裡，大廳探病的訪客已空，最後一次配藥完畢，護士們各自回到崗位上，睿甫從床頭櫃上拿起那只鐵盒，放在胸前。

他孤單而寂寞。四下幽暗，已數不清度過了多少個孤枕難眠的夜晚。他的身體對勤務兵每回偷偷拿給他的《花花公子》和《閣樓》月刊有所反應時，著實讓他鬆了一口氣。幸虧這部分毫髮無傷。

他需要女人。

並非他要不到。他知道只要他對幾名護士中任何一人拋出個意有所指的眼色，她們都會樂於陪伴他。

但他這輩子的風流韻事早已滿坑滿谷。只有豬頭才會在醫院裡鬧緋聞、談情說愛，更何況談情說愛既不是他想要的，也不是他需要的。

然而，他依舊渴望女性的溫存愛撫與輕聲細語。夜夜翻看雜誌無濟於事，那些體態豐豔、秀髮蓬鬆、笑臉迎人的模特兒如同雜誌本身般膚淺而毫無深度。

寫信的女子卻有血有肉。

鐵盒悄然無聲地打開，但他碰到那些書信時，它們窸窣作響，讓他猛然縮回手。他罵自己傻瓜，拿起最上面的一封信。

總共有二十七封信。他一封封地按日期順序排好，有意拖延他認為是罪大惡極的這件事。瑣碎事辦完後，他打開了第一封信，取出素白的紙箋，開始閱讀。

2

九月七日

親愛的理查：

　　你離家不過數星期，感覺卻像好幾年。對你的思念已變成一種疾病，這病非但未能逐日減輕，反而日益嚴重。我的想像力經常無情的戲弄我，讓我總是以為我看見你，特別是在人群之中。我的心會興奮地狂跳，卻在發現那只是個模樣像你的人之後更為哀傷……

九月十五日

最最親愛的理查：

　　昨夜夢見你，哭著醒過來……

九月十六日

我的愛：

　　原諒我昨天的信，我的情緒太低落了……

十月二日

最最親愛的理查：

　　今天感覺到寶寶在動！噢，親愛的，我簡直迫不及待要告訴你這令人驚心動魄的經驗！剛開始只是微微的震動，我立刻屏住呼吸，站著不動，然後他（我知道是男孩）又動了，這次更為強烈。我又哭又笑，爸媽都跑了過來。胎動非常輕微，他們無法感覺到，但我知道你能，假如你在這裡、觸摸我，我知道你能感覺得到。我愛你，如此之深。

十月二十五日

　　……你的金字塔之旅聽起來有趣極了，我好嫉妒啊！昨天我和媽媽到北園購物中心，別的不提，達拉斯的交通實在越來越可怕了。回家後，我精疲力盡，幾乎連樓梯都爬不動，爸爸只好將晚餐送到房間給我。但這可說是大豐收的一日，寶寶六歲之前都不必再買衣服了！

　　你那位領事夫人的趣事讓我們全都笑翻了，她真的打扮成那副德行？至於你的死黨「浪子」，請和此人保持距離！聽起來，他會對已婚且老婆有孕的好男人造成不良的影響……

感恩節

　　……我瘋狂地渴望你在身邊。昨晚我真不該和柏絲去看電影，那性感又火辣的劇情，弄得我現在好想要你！只差沒有去爬牆了。真丟臉！懷孕的慈母不應該像發情的小貓，對吧？可是天氣又濕又冷，我想，要是給我機會，我今天一定能誘惑你不看電視的足球轉播賽。

十二月二十一日

親愛的：

　　昨天收到你的信，我哈哈大笑。你要我和柏絲保持距離？可以啊，如果你能和浪子絕交。聽起來此人很像是我最討厭的那種男人，自以為是上天賞賜給女人的禮物？就算你把他說得英俊宛如魔鬼，我知道我也不會喜歡他……

十二月二十四日

最親愛的：

　　白晝變短，彷彿無休無止，我的心情低落，真希望整個聖誕假期都在昏睡。舉目所見，人人無不與所愛的人一起慶祝、歡笑及分享佳節，我覺得自己彷彿是這個成雙成對世界裡的異類。你在哪裡啊？看得出爸媽很擔心我這麼悶悶不樂，卯足全力想逗我開心，但我對你的思念如此之深，他們也無能為力。

　　你寄來的禮物已放在聖誕樹下。爸爸今年大手筆地買了最貴的冷杉，那是我最喜歡的聖誕樹種。希望你也能及時收到禮物。我願以過去所得及未來將得的一切禮物交換你一個親吻，一個綿綿不絕、令人心滿意足而又神魂顛倒的吻。噢，理查，

我愛你。祝你聖誕快樂，親親。

一月十一日

　　……假期已過，我的情緒好轉許多，而且我們也已熬過你一年任期的一半。

　　現在睡覺越來越不舒服，但你一定很高興，寶寶將會成為後衛球員，不然也是個定位踢的好手，無論哪一種，等他二十二歲左右，達拉斯牛仔隊肯定會徵召他！對了，你覺得亞倫這個名字如何？當然如果是個男孩。他最好是男孩，這樣比較省事，因為我還想不出女孩該取什麼名字。

　　我的胸部會讓你瘋掉，它們變得碩大無比！不幸，身體的其他部位也跟著膨脹，真沒想到懷個寶寶會造成如此巨大的改變，連乳頭都大了許多。看來我的身體正在為哺乳做好各種的準備（那個噁心的柏絲說，她希望她是為更棒的理由而乳頭脹痛，這女人真壞！），真希望你能在家減輕我的痛（回頭想想，我也很壞）。

　　世界上再也沒有比親自為我們的孩子亞倫哺乳更美好的事了……

一月二十五日

　　……那是我做過最可怕的噩夢，我驚醒時一身的冷汗。寶寶出生前，我再也不吃任何辣椒了！

　　你信上提到的亞歷山卓港週末之行，浪子有沒有一起去？我覺得你有點刻意不談他。如果你做了什麼壞事，如果你搭上肚皮舞孃，千萬不要告訴我。我覺得自己活像一頭大水牛，昨

天還因為自己胖成這種地步而大哭……，可是轉身又去吃了一份香蕉船（加上三匙杏仁果！），因為柏絲說那會讓我開心。有時我會絕望地想，我再也見不到你了，理查。你會再度擁抱我嗎？我能再度感受你在我的身體裡嗎？有時，對你的感覺不太真實，彷彿你只是夢中一個思慕的人。我需要你，親愛的，我需要知道你愛我，正如我全心全意地愛你……

「你下週可以出院了？」

站在窗前的睿甫轉過身來。「是的，終於可以出院了。」

「太好了，兒子，」喬治‧路爾喜洋洋地說。「你看來像新的那麼好。」

「也沒那麼好。」

睿甫的語氣中並無嘲諷。十三個月來，他已深切明白自己有多幸運，這是他走遍醫院得到的體會，他原本很可能像物理治療室裡許許多多的病友一樣，終身癱坐於輪椅之中。

但他能走，雖然有一點跛，但行動自如。他甚至已習慣戴著眼罩，而且不再會碰撞到家具。上帝若關了一扇門，自會再開一扇窗，這話說得一點也不假。他幾乎已經忘懷擁有兩隻眼睛的感受。

「醫師要我依照他們對剛出院病人的要求，每星期回來復健一次，但我拒絕了，」他告訴父親。「醫院能給我的應該就這樣了，我可以自己運動。」

「你現在有什麼計畫？」喬治遲疑地問兒子。

自睿甫從哈佛畢業，事業的選擇即造成父子之間一連串的爭執，他加入海軍陸戰隊就是為了反抗父親。那時父親希望他繼承衣鉢，成為律師，對他的任何計畫都不屑一顧。

「做我一直想做的事，爸，我要試試建築業。」

「我明白。」喬治的失望很明顯，但他壓抑下來。他差點失去兒子，而這嚇壞了強硬不屈的喬治‧路爾，他再也不希望以任何方式失去睿甫，如果他再度試圖操縱兒子的未來，一定會失去他。「去哪裡做？你想從哪裡開始？」

「德州。」

「德州！那簡直就像另一個星球。」

睿甫大笑。「您也聽說過西部陽光地帶的建築業十分興旺，所有的發展都在那邊，還有大片的土地等待開發。我挑了達拉斯附近的一個名叫建德樂小城做為起點。那是個欣欣向榮的社區，我打算在它增值的時候賺上一筆。」

「你需要資金。」

「我有陸戰隊的退輔金。」

「那些錢根本不夠創業。」

睿甫以沉穩的目光看著父親。「我如果去唸哈佛法學院，您要花多少錢，爸？」

喬治抬頭。「沒問題，我把原來要讓你唸書的學費讓你去投資。」他伸出手，睿甫抓住它，有力地握了握。

「謝謝。」

睿甫記憶中的頭一遭，父親緊緊地擁抱他。

當晚將行李收拾妥當後，睿甫最後一回躺在醫院床上，但興奮得睡不著。人生給了他第二次機會。他的第一次表現得很差，但明天即將展開的嶄新人生，將不同凡響。他已有新的目標，再也不會浪費寶貴的光陰去憤世嫉俗。

他拿起那只總是放在手邊的綠色鐵盒。那些信箋的摺痕已出現裂隙，邊緣也起了毛。二十七封書信的內容，他無不熟記在心，但觀賞那一手秀麗、婉轉的女性字跡，依然令他感到身心舒暢。他挑出其中一封，那並不是隨意的選擇。

「……和浪子絕交。聽起來此人很像是我最討厭的那種男人，自以為是上天賞賜給女人的禮物？就算你把他說得英俊宛如魔鬼，我知道我也不會喜歡他……」

睿甫小心摺起信箋，放回鐵盒。過了好久好久他才睡著。

她真美。

過去幾個星期，他已看過她好幾次，但第一次如此接近，而且看得這麼久。看她真是一大享受。

哪怕再過一千年，他也無法確切形容她的髮色。說是「金髮」並不正確，因為她的金髮中夾雜著縷縷紅絲，但說是紅髮又不盡然，平淡而甜美的「草莓金」或有幾分神似，但凱嵐・史楚德本身絕對與平淡無關，她就像燦爛的陽光，渾身煥發著活力與光彩。

那頭難以形容的秀髮隨意紮成了馬尾，微捲的尾端及幾綹鬆脫而出的髮絲，披垂在臉龐的四周。

至於那張心型的臉，多麼漂亮！嬌巧的下巴，大大的眼睛，兩道彎彎的秀眉，加上高而光潔、讓她顯得十分聰慧的額頭，還有那嬌嫩欲滴的肌膚，自然透出蜜桃色的雙頰，在在令他渴望一親芳澤。

她穿著寬鬆的黑色長褲，棉質條紋襯衫的雙袖捲到肘彎，頸上繫了件羊毛衫。她的身段勻稱而苗條，比例完美。

她……實在……太完美了。

他喜歡她對小孩說話的樣子，彷彿他聽得懂每一句。說不定他真的聽得懂，因為每每她微笑時，那精力充沛的小娃娃也跟著媽媽笑。母子倆似乎絲毫不受購物中心洶湧人潮的影響，對星期六下午逛商場及小吃攤的擁擠人群毫無所覺。

她在一個攤位買了支冰淇淋甜筒，以驚人的敏捷一手拿甜筒一手推嬰兒車，穿過人群走向一張長椅。儘管小男孩無須敦促，早就主動爬上長椅，她依然耐心地協助他。

此時兩人並坐在長椅上，小男孩開始摧毀那支甜筒，母親則笑著說他吃相像隻小豬，右手穩住甜筒，左手以紙巾時時擦拭。

等到甜筒及紙巾都爛成一團後，她對小男孩嚴厲地交代了一句話，即離開長椅到最近的垃圾桶去丟那些髒東西。

她一轉身，小男孩便從長椅滑下來，溜到購物中心的走道，邁開一雙短而矯健的小腿，直直衝向水花飛濺、噴向天窗的噴泉。噴泉四周是座深約六十公分的水池。

原本斜倚著牆，閒適地望著母子倆的睿甫，自動直起身來。他冒險把目光自小男孩身上移開，望向丟完垃圾回來卻發現孩子失去蹤影的凱嵐。即使隔了段距離，他也能看出那種遺失孩子的母親瞬間驚慌失措的表情。

睿甫不假思索立即穿過人群，走向噴泉。此時小男孩已爬上池邊矮牆，碰到潺潺的水面。

「天啊！」睿甫推開一名抽煙斗的男子喃喃自語。他邁開步伐，加快速度，但他還是不夠快。他看見小男孩翻牆爬進了水池。

附近有幾個人注意到小男孩，但睿甫首先趕到噴泉，右腳跨過矮牆，踩進池中，將小男孩攬胸鉤住，從水裡撈上來。

「亞倫！」凱嵐拚命地在人群中推擠。

成了落湯雞的亞倫好奇地瞧著抱住他的男人，顯然對這位救命恩人頗有好感，露出整齊的兩排乳牙笑起來，說著好像「水水」的字。

睿甫涉水跨出水池，一群旁觀者紛紛讓開。

「他沒事吧？」

「發生了什麼事？」

「孩子的媽呢？」

「有些父母就是會任由小孩亂跑。」

「請讓一讓、請讓一讓。」凱嵐總算用手肘從看熱鬧的人群中推開一條路。「亞倫，亞倫！」她從睿甫懷裡抱過兒子，將一身濕透的孩子緊緊抱在胸前。「親愛的，你沒事吧？天啊！你嚇死媽媽了。」

亞倫感受到母親的痛苦，冒險行動頓時化為創傷。他的下唇開始發抖，雙眼湧出淚水，小臉一癟，張嘴大哭起來。

「來吧！我們離開這裡。他沒事，只是嚇到了。」

凱嵐只隱約覺得身邊的男子按著她的背窩，推著她穿出人群，走向角落無人的長椅。她忙著檢查亞倫是否受了傷，根本沒有留意他，直到抱著哭泣的亞倫坐下來，才抬頭看他。

她的目光移了半天才看到他的臉，所以對此人的第一印象就是他很高。看到他唇上的鬍髭有點意外，看到他左眼的黑眼罩就更為吃驚，但她及時吞下驚喘聲，只說：「謝謝你。」

高大的男子在她身邊坐下。「他應該沒事，是妳的反應嚇到他。」

　　她猛然轉過頭來，他發現她的下巴不但嬌巧，在面臨挑戰時也可能相當頑強。發現他並不是在責備她時，她懊惱地笑了笑。「你說的對，是我反應過度。」

　　亞倫的哭聲漸歇，她將他推開些，擦拭他圓胖小臉上的淚痕。「你把我嚇個半死，亞倫‧史楚德，」她責罵道，然後再度看著那男人說：「前一分鐘他還在這裡，下一分鐘就不見了。」

　　她的眼珠是茶褐色。溫柔而深邃的茶褐色雙眸，彷彿讓他沉陷了進去。

　　「他的動作快如閃電。」她把頭偏向一邊，顯然有些困惑時，他立刻解釋：「我剛才一直在看他吃甜筒。」

　　「喔！」她沒想到要問他為什麼注意他們，而是一直在猜想他為什麼失去一隻眼睛。真可惜，因為回看她的那隻眼睛是綠色的，幽深的綠，非常美麗的綠，而且四周鑲著濃密的黑色睫毛。

　　那眼睛正宛如熊熊燃燒的翠綠火焰般，回看著她。她的凝視被發現後便尷尬地看向別處，這才發覺他的牛仔褲及靴子都是濕的。

　　「你跨進水池？」

　　他笑起來，俯看自己的雙腳。牛仔褲從膝蓋以下全濕了。「大概是吧！我不記得了，當時我只想到亞倫。」

　　「你怎麼知道他的名字？」

　　睿甫的心震了一下。「喔！妳抱他過去時，我聽到妳是這麼叫他的。」

　　她點點頭。「真抱歉，害你弄濕了褲子與靴子。」

　　「衣服會乾。」

　　「你的靴子看起來很貴。」

「絕不會比亞倫珍貴。」他捏捏小男孩的下巴。亞倫拉著母親開襟襯衫的袖子往嘴裡塞。她拉回來，順勢撫平胸前。

「噢，我的天！」她叫起來，而亞倫則開始打噴嚏，彷彿進一步強調她到此刻才察覺的情況——母子倆同樣弄濕了衣服。

「妳弄濕了。」睿甫說。

他望著她的胸口，那眼神讓她發熱，而不是發冷。她一躍而起。「再次謝謝你。再見。」她像抱著一面盾牌似地抱著亞倫，直奔最近的出口。

「等等！」

「為什麼？」

「妳有沒有忘記什麼東西？」

「什麼？」

「例如妳的皮包，還有亞倫的推車還在冰淇淋攤位那邊。」

覺得自己活像個大傻瓜，她搖著頭，笑聲有些發抖。「我還是有些——」

「心神不寧。我能瞭解，我去幫妳把東西拿過來。」

「你已經幫了很多忙。」

「這不算什麼。」

她來不及婉拒，他已經走開。她偷偷低頭瞧胸口是否太過暴露，幸好還不至於丟人現眼，這才小小鬆了一口氣。

她即刻又看向那男人走開的身影，這時才發現他走路微跛，儘管輕微到幾乎看不出來，但他的左半身肯定是斜傾的。他必定經歷過重大意外，導致一隻眼睛及左半身傷殘。

儘管跛行，依舊無損步伐的輕快，雖然如此高大，但他的動作優美而兼具運動員的靈敏與矯健。他的體型也很好，肩膀寬闊、臀部窄小。午夜般濃黑而微帶波浪的頭髮覆蓋耳朵上端，微捲地垂在衣領處。凱嵐留意到與他擦身而過的女人無不回頭多看他一眼，絲毫無懼於他的黑眼罩。事實上，那眼罩反而讓他原有的瀟灑風采及略帶邪氣的魅力，更加搶眼。

然而如此陽剛的一名男子，似乎毫不在意將她的皮包掛在肩上，推著嬰兒車穿過購物中心，走回她與亞倫站著等他的地方。

「再次謝謝你。」她一邊閃躲亞倫對著她的耳環揮過來的拳頭，一邊伸手拿皮包。睿甫把它從臂間取下，掛在她的肩上，為她調整好位置。

她好嬌小，他想。

他好高大，她想。

她俯身想將亞倫放進嬰兒車，但他不肯合作，胖嘟嘟的小身體僵得像塊木板，雙腳彎都不彎一下，而且開始扭動。

「他累了。」她彷彿必須解釋，被兒子違逆的行為弄得很尷尬。他們又開始引人注意，路過的人紛紛對一身是水的小孩、弄濕衣服的母親，以及牛仔褲泡水的男人投以異樣的眼光。

「妳抱亞倫，我幫妳把嬰兒車推到車邊吧？」

她抱著亞倫站直起來。「不能再麻煩你，我們已經麻煩你太多了。」

他露出微笑，非常整齊、非常潔白的牙齒在非常性感的鬍髭後方現形。「一點都不麻煩。」

「可是……」她閃爍其辭。

這男人讓凱嵐緊張不安，理由她也說不上來。其實他謙恭有禮的舉止，絕對足以贏得童子軍獎章。他對她並無任何挑逗的態度，更可能的是，他會認為她有個此時正在打高爾夫球或忙著修整後院的丈夫。

然而，「她」還是注意到「他」留意她濕透的上衣，就算他根本看不見衣下的風光，她依然有點尷尬。

「走吧！再不離開，亞倫會鬧到不可收拾。」他說。

她覺得臂彎裡的亞倫越來越沉重，也越來越不安分，拚命地扭來扭去，顯然因為一身濕透的衣服而極不舒服。「好吧！」她撥開一縷由於閃躲不及而被亞倫抓出來的鬆亂髮絲。「非常感謝你。」

「從這裡出去嗎？」睿甫朝出口問。

她顯得不大自在。「不，不是，我的車停在潘尼百貨公司那邊。」

他可以問，如果她將車停在百貨公司那邊，為什麼數分鐘前她竟想由這個出口逃之夭夭？但他展現十足的紳士風度，什麼也沒多說，待她先行，再推著空嬰兒車走向購物中心另一頭的百貨公司。

「對了，我是睿甫‧路爾。」他屏住呼吸，看她是否出現認得這個名字的跡象，幸好不見異樣，他緊迫的胸口才舒展開來。

「我是凱嵐‧史楚德。」

「很高興認識妳。」他朝他們開始走動之後，便停止哭泣的亞倫歪歪頭。「這位當然就是亞倫。」

那笑容該被列為違法，凱嵐心想，對女性絕對是一大公害。他的魅力跨越年齡的限制，她瞧見一群路過的少女對他大拋媚眼，也有幾位老婦人轉頭看他。無論身邊有無男伴，是女人都會注意到睿甫‧路爾。

他並不符合英俊的傳統定義。他的臉完全稱不上漂亮，甚至已有許多紋路，兩道深痕自鼻翼延伸到嘴角及鬍髭的外圍。凱嵐心想那些紋路怎會刻得那麼深？或許是那次意外承受了太多死去活來的痛苦？他頂多三十多歲，不會比理查大多少。

理查，一想到他，熟悉的痛楚劃過心田。假如他還活著，他就會陪在她身邊，而她也就不需要陌生人幫助。他身故一年多了。

根據每一本探討生、離、死、別的書籍所言，一週年是個界線，她應該已克服喪偶的創痛。然而她依然每天想到理查，而且往往在最意外的時刻，例如現在。但她很高興如此，因為她立誓讓丈夫永遠活在她與兒子的心中，所以她日復一日地滋養著理查的記憶，讓他鮮明、生動地留在她的生命裡。

「亞倫多大？」睿甫突然問。

「剛滿十五個月。」

「他算很壯吧？我不大懂得小孩的事。」

「是啊！他很壯，」凱嵐笑起來，將他換到另一邊的手臂。「因為他爸爸以前也很壯。」

「以前？」

她幹嘛打開那道門？她根本無意提起。「他過世了。」她並未多加說明。

「我很遺憾。」

他似乎是誠心的。是嗎？

睿甫苦等了好幾個月才等到今天。出院後，他便一直留意，等待恰當的時機。他忙不迭地展開事業，但縱使父親運用關係也大力支援，仍有千百種瑣碎、龐雜的事需要打理。他關在辦公室裡埋頭

苦幹的時間，對一個耗了十幾個月才得以死裡逃生的男人來說似乎永無止境。為了去除臥床養病期間的蒼白氣色，他也常赤膊去工地工作。

與此同時，他揣摩著千百種與凱嵐初次相會的場面，問自己何時會見到她，她會是什麼模樣，他又該說些什麼。

他並未刻意安排今天的機會，但機會自己出現了！他魂縈夢繫地想見到她，及至真的見到她，他著實說不上來究竟後不後悔在那致命的一晚與理查‧史楚德換床睡覺。出於一種徹底自私的心態，他真的非常高興自己此時此刻能夠好端端地活著。

「恐怕還得走段路。」凱嵐對為她拉開大門的睿甫抱歉地說。

「沒關係。」

從停車場的盛況即可看出購物中心裡的人潮。剛抵達的車主搶佔空出來的停車位。

「你是本地人嗎，路爾先生？」進入混亂的停車場，凱嵐閒談般問。

「叫我睿甫吧！我不是本地人，我一個月前剛搬來這裡。」

「你怎會來到建德樂？」

為妳而來。

「因為貪心。」

他的回答嚇了她一跳，她抬頭看他。「什麼？」

一縷髮絲飄到她的嘴唇上，他的心跳暫停一下，腦中只想撥開那縷金絲，親吻她的嘴。她有他見過最讓人想一親芳澤的雙唇。「我從事建築業，」他清清嗓門，用稍嫌高亢的聲調答道。「我想參與這個地區的開發。」

也許他該在見到凱嵐之前，找個女人消磨幾夜，用一段純粹以性為出發點的露水關係放任一番。

「好吧！我或許能理解。車子在那裡。」她指著一部淺藍色旅行車說。

「『花瓣滿天飛』？」他唸著印在車旁的標誌。

「我和朋友一起經營花店。」

白樂特大道五二九八號。他知道花店所在，知道花店彩繪玻璃窗上條紋遮雨篷的顏色，也知道花店何時開門、何時打烊。「花店？好像很有趣。」

他等她將亞倫放進兒童座椅、繫好安全帶，再幫她把摺疊起來的嬰兒車放到後座。「感激不盡，路爾先生，呃，睿甫。你真是太好了。」

「千萬不要道謝，我也很愉快，除了亞倫爬進水池那一幕。」

凱嵐打哆嗦。「我想都不願再想它。」她望了他片刻，覺得就此離去似乎有點沒禮貌。她怎可以對兒子的救命恩人單單說句謝謝，便揚長而去？「那麼，再見了！」她說，覺得口齒笨拙而手足無措。

「再見。」

她坐上駕駛座，關上車門。他往後退，揮著手走開。凱嵐轉動車鑰匙，她的車發出刺耳可恨的聲響，但引擎硬是不肯發動，她猛踩油門踏板，再試一次。喀……喀……喀……一次又一次。她低聲吐出一串要是被她媽聽見鐵定大驚失色，或更有可能的是，她根本聽不懂的字句。

「怎麼回事？」睿甫‧路爾雙手撐在彎曲的膝蓋上，從駕駛座這一側的窗口問她。

她打開車窗。「車子發不動。」

「聽聲音好像是電池沒電。」

她固執地再度發動引擎，連番嘗試，最後終於認輸，轉回鑰匙，重重往座椅靠去。亞倫扯著安全帶在座位上扭來扭去，這個週六即將成為掃興的一天。

「可以幫妳的忙嗎？」片刻後，睿甫問她。

「我要回購物中心打電話給我父親，請他來接我們，並找人處理車子。」

「我有個更好的主意，例如我送你們回家？」

她無聲地看著他，然後移開視線。一陣寒慄竄過背脊。她與這個男人素昧平生，他很可能是個無惡不作的大壞蛋，說不定他先對她的車動了手腳，接著在購物中心擺出友好態度，然後再⋯⋯

不要胡思亂想，凱嵐，這太瘋狂！亞倫掉進水池並不是他事先設計的意外。但她最好保持理智，不可隨便坐上陌生人的車。

「不用了，謝謝你，路爾先生，我自己想辦法。」

這拒絕聽起來比她的本意粗魯，但對可能的綁架者實在無法掉以輕心。她重覆僅僅數分鐘前的累人過程，解開亞倫的安全帶，將他抱出車外，拿皮包，關車窗，再鎖上車門，走向剛才走來的方向。

「我不想耽誤你，路爾先生，」她對隨她一起走的睿甫說。

「送妳到任何地方並不麻煩。」

「不，謝謝。」

「確定嗎？這實在很——」

「不，謝謝！」

「是因為我這樣嗎？」他揚手指指自己的左眼。「我知道我的樣子容易讓人起疑，不過我發誓我不是妳需要害怕的那種人。」

凱嵐猛然停步，轉過來面對他。噢，老天！這下他八成認為她對殘障人士有偏見。「我並不怕你。」

他臉上的緊張逐漸被迷人的笑容取代。「嘿，妳應該害怕。這年頭千萬不可以太相信陌生人。」兩人一起低聲笑起來。不管因他們佔據道路而阻礙交通的狀況，他跨近一步，低頭誠懇地看著她。「我只是想幫忙，開車送妳一程。」

她覺得自己像個傻瓜。任何一個不惜損毀一雙價值四百美元的靴子、將一個小男孩從噴泉裡撈上來的男人，絕不會是綁架者。「好吧！」她輕聲應允。

「好極了。」

急於離開停車場的車終於因不耐煩而按了喇叭。他們這才開始走動。

「你的車在哪裡？」

睿甫用下巴指點方向。「在大約百來公尺的那頭，」他笑著說。「亞倫讓我來抱吧？」

有點如釋重負地，凱嵐將兒子交給他。亞倫用胖胖的小手拍他的臉頰，似乎絲毫也不畏懼這名高大黝黑、左眼戴只黑眼罩、渾身有股魔咒般的魅力，及笑容足可融化冰塊的男人。

3 他為他開小貨車而道歉。

「我不知道今天會有客人,否則我會開平常開的車。」

左手仍抱著亞倫,他用右手開鎖並拉開車門,待凱嵐在車廂內坐定,他即將亞倫放到她的腿上。

睿甫的手臂擦過她的胸前,她假裝未曾留意,他也是。至少他很快地關上車門。兩人都假裝沒發生這回事,但她知道他心裡一定在想這件事,她也一樣。

「車裡會熱,」他坐入駕駛座,發動引擎。「在太陽下曬太久了。」

「感覺還不錯,反正我們身上都是濕的。」

　　她真該綁住舌頭，偏偏提這個！他低頭朝她的胸部一瞧，飛快而帶點罪惡感。她很慶幸亞倫依舊可以當擋箭牌。

　　他在停車場的車陣裡穿梭，兩人陷入尷尬的沉默。他曾望向她，為塞車而抱歉地一笑，她雖也報以微笑，但不知笑容是否像感覺那麼不親切。為什麼她想不出任何話可說？

　　等他終於開到出口的斜坡道時，他轉過頭來，她感覺他在看她，但她只專注地撫弄亞倫柔軟的咖啡色頭髮。

　　他幹嘛那樣看她？還有，也許她該請他打開冷氣，因為車廂裡越來越悶熱，或是她的體溫在上升？

　　「我得問妳一件事。」他輕聲說。

　　她的心翻轉了一下。

　　想不想找個樂子？

　　小孩怎麼處理？

　　妳有沒有避孕？

　　到妳家還是我家？

　　各種可能性掠過她的腦海，任何一種都會造成難堪。到目前為止，他一直彬彬有禮，但她早該知道沒有這種好事。沒有哪個男人碰上女人，幫她許多忙而不求回報的。

　　她盯住亞倫頭上蓬亂的頭髮問：「什麼事？」

　　「走哪個方向？」

　　神經質的笑聲隨著鬆下來的一口氣冒出來。「噢，抱歉！請向右轉。」

　　他露出讓人戒心全消的笑容，順著她陸續告知的方向行駛。

「他一定覺得我是個白癡。」凱嵐心想。他只是個對孤兒寡婦伸出援手的好心人，別無用心。

如果他不是這麼英俊，這麼……英氣勃勃，也許會更像好人。拿他的一雙手來說吧！他的手大而強壯，曬得黝黑，當他伸手調轉收音機上的指針時，她看到他修得很整潔的指甲。他的手背及關節有著因曬很多太陽而尖端成了小白星的黑色細毛。

他將右腳從加速器移到煞車板上，凱嵐看到他修長的腿肌收縮及伸展。

「熱嗎？」

「什麼？」

「妳會熱嗎？」

她的臉發燙，體內著火一般。他是否瞥見她在看他的……腿？「喔，有一點。」他調整溫度，冷風開始徐徐吹出。但她不再看他。

克里夫及梅格・鮑爾夫婦，自從女兒凱嵐出生便不曾換過住所。當初購屋時，這一帶是小城最高級的地段。但由於城裡商業繁榮，加上在達拉斯上班的通勤者紛紛搬到這座小城來，它的地位日益重要。社區的風貌便改變了，如今這裡已不再那麼高級。

從前美輪美奐且保養得宜的屋宇，如今落入經濟能力有限的屋主手裡，如同人老珠黃的女子，外觀滄桑、黯淡，庭院雜草叢生。

街區裡唯一的例外就是鮑爾家。深闊的前廊圍著去年夏天克里夫不辭辛勞重新粉刷的白色鍛鐵欄杆；樹籬已剪去老枝，讓新枝有生長的空間，精心整理的花圃裡繁花綻放。

睿甫的小貨車轉進街道時，自動灑水器正為半邊的院子澆水，而通向前廊的中央人行道另一邊，剛澆完水的草皮在午後的陽光下

閃閃生輝。

「就是這間。」凱嵐指著她家的房子說。

睿甫已經踩了煞車。他早就知道她家是哪一間。過去這個月，他開車經過她家的次數頻繁到連他們何時丟垃圾他都一清二楚。

凱嵐沒發現他對她住的社區十分熟悉，因為她正在心裡哀聲嘆氣。一輛眼熟的汽車停在車道上，那是柏絲的車。彷彿要對父母解釋還不太麻煩，她還得應付想像力豐富的柏絲。也許她可以跳下車，對睿甫說聲謝謝，而他可以在任何人發現他之前開走，那就不致造成騷動。

可惜沒這麼幸運。

睿甫才剛在路邊停車，她家大門一開，她父親走了出來，一面俯身關掉水龍頭及灑水器，一面好奇地打量小貨車。當他發現坐在車裡的女兒及外孫時，臉上的表情更顯得好奇。

「那是我父親。」凱嵐說。克里夫緩步由人行道走來，基於某些無法解釋的理由，她感到緊張而又害羞。

睿甫推開車門。「嗨，」他下車友善地打招呼。「我送兩位住在這裡的乘客回來。」克里夫一臉呆愕。

睿甫來到凱嵐這邊時，她已推開車門。「最好把亞倫給我，車子高，不容易下車。」她不太情願地讓他抱走腿上的亞倫。

彷彿有過多年經驗，他捧住亞倫的臀部，將他抱在胸前，再用空出來的手扶凱嵐下車。他扶著她的手肘未放，一起繞過小貨車，轉向她滿臉狐疑的父親。

「嗨，爸。」

「妳的車呢?發生了什麼事?」

「沒發生什麼事,但也不是我們去購物中心最平靜無事的一次。」她懊惱地說。她不知該怎麼從睿甫手中抱回兒子而不再發生尷尬狀況。她不想冒險再碰觸到他,但這實在荒唐,因為他真的是個好好先生。

「怎麼了,克里夫?凱嵐?」

梅格推開紗門走出來,和藹可親的臉上充滿關切。尾隨其後的則是柏絲,凱嵐想都不願去想柏絲那猜測的表情是什麼意思。

梅格快步下階,由側邊人行道匆匆走過來,兩道目光在凱嵐及抱著孫子那個高大黑髮的陌生人之間來去。

「媽媽,爸爸,這位是睿甫・路爾先生。」

「兩位好。」睿甫禮貌地打招呼,將亞倫移到左臂,與克里夫握手。

「這是我的好友兼合夥人,柏絲・萊康。」凱嵐補充道。

「妳好,萊康小姐。」

柏絲讚賞的眼神在睿甫身上打轉。「嘿,她是在哪兒發現你的?」

柏絲一向直來直往,不懂得什麼叫含蓄,脫口便說出凱嵐的爸媽正感狐疑,但不便失禮直問的事。

「應該說是他發現我們。」凱嵐答道。

「妳的車呢?」克里夫再度問道。

「還在購物中心。」

「可能是電池有問題,先生。」睿甫禮貌地解答克里夫的疑

惑。

「所以路爾先生送我們回來。」

「多麼熱心，」柏絲忙碌地端詳睿甫。「路爾太太會怎麼想？」

睿甫笑而不答，俯身將亞倫放到地面。平常亞倫一落地便跑，但今天他的腳碰到人行道後，卻嗚咽起來，胖胖的小手抓住睿甫潮濕的牛仔褲管。睿甫於是俯身又將他抱起來，輕拍他的臀部，小男孩滿足地依偎在他的懷裡。

「對不起，」凱嵐喃喃而語，對兒子這麼快表現出依戀感到有些尷尬。「讓我來抱，不好耽誤你的時間。」

「沒關係。」睿甫對她微笑道。

兩人的目光剎那間交會，一時彷彿四下無人，忘了還有三位好奇的觀眾在場。

「孩子的衣服濕濕的。」梅格溫順地說。

「喔，對，」凱嵐從出神狀態中掙脫出來。「他掉進噴泉裡。」

鮑爾夫婦嚇了一跳，柏絲則更加好奇。「那是在電池壞掉之前還是之後？」她興致勃勃地問。

「之前，睿甫跨進水池把他抱出來。不必擔心，媽，亞倫沒事，只弄濕了衣服。」

「他怎會掉進噴泉裡？」

「當時我正在餵他吃冰淇淋，」凱嵐將事發經過簡單講述一遍。「我回來時，亞倫就不見了，而噴泉那邊圍了一堆人，路爾先生抱著濕答答的亞倫站在那裡。」

「你跳進噴泉把亞倫救起來？」柏絲用頭點著睿甫仍然潮濕的褲管問。

「是啊！」

「這樣……」柏絲沉吟道，用一種心裡有數的眼色看著凱嵐，弄得凱嵐很想捶她。

克里夫及梅格忙著向睿甫的反應迅速與熱心協助道謝，沒去留意兩個死黨的唇語。

「帥哥一枚。」

「閉嘴。」

「妳的上衣濕透了。」

凱嵐立刻低頭，發現濕透的襯衫貼住胸脯，透出蕾絲胸罩的輪廓。就在她揚起目光之際，發現睿甫也在看她，視線隨她往下滑，隨即彈回她臉上，整個過程發生在梅格感嘆初學走路的小娃娃可以倏忽跑得不見人影，最後總結為：「進來一起喝杯咖啡吧！路爾先生？」

「不！」

凱嵐發覺腦中的念頭被大聲嚷出來時，不禁滿臉熱燙。她舔舔嘴唇。「我是說，我們已經耽擱路爾先生很久了。」她伸手幾近拉扯似地抱過亞倫。「容我再次道謝，你幫了大忙，謝謝你送我們回家。」請趕快離開吧！她無聲吐出最後一句話。

「我的榮幸。」他捏捏亞倫的下巴。「再見，童子軍。很高興見到各位。」他對其他人點個頭，隨即轉身，臀部挺翹、有點跛地緩步走回小貨車。他最後揮個手，駕車離去。

凱嵐忸怩地轉向父母及帶著期待直望著她的柏絲。「我得去替

亞倫換下這身濕衣服。」她從他們中間擠過去，但三人緊跟著她，在寬闊開敞的前廊上將她團團圍住。

「說啊！」柏絲要求道。

柏絲和凱嵐從小學便是好朋友，柏絲的母親在她們國中時過世，由於父親經常在達拉斯的工廠日夜輪班，所以整個中學時代，柏絲待在鮑爾家的時間幾乎多過待在自家的時間。她自認是鮑爾家的一份子，鮑爾家也沒有反對。

「說什麼？」凱嵐問。

「這個人的事啊！有什麼秘密？」

「什麼也沒有。」凱嵐直驅廚房，做出要拿果汁給亞倫喝的樣子。她將他放在高腳椅上，拉開冰箱，爸媽和柏絲圍住她。

「他真的跳進噴泉去救亞倫？」梅格問，在凱嵐繞過她身邊去拿杯子時才移開一下。

「別說得這麼了不起，媽，他又不是潛入鯊魚出沒的汪洋大海。那只是個淺淺的水池，亞倫也才剛進去幾秒鐘。」

真不敢相信她現在居然將這件意外說得如此稀鬆平常，一個鐘頭前她還認為要不是睿甫手腳敏捷，亞倫八成會淹死。

「妳的車呢？」她父親問。「他怎會知道車子故障？」

「因為，他陪我走出購物中心。」

「一路走到停車場？」

「是啊！因為亞倫哭個不停，而我驚魂未定。」

「他志願送妳回家？」柏絲問。

「是啊！」凱嵐的聲音僵硬。

「嗯哼……」

「妳少『嗯哼』了，又不是在做診斷。請你們不要瞪著我看，我又不是八卦新聞的女主角。他只是位男士，好嗎？一位好心幫我忙的男士。你們真像逮到城裡最後一隻老鼠的惡貓。」她生氣地說。

「他並不需要開車送你們回家。」梅格說。

「人家有禮貌，不行嗎？」

「他有點跛，不知發生過什麼意外？」克里夫思索著說。

「那不關我們的事，我們不會再見到他。對了，爸，您最好打電話通知修車廠，派人去處理我的車。需要幫忙做晚餐嗎？媽。」

他們都聽出她那種堅定而簡潔的語氣。數個月前她開始用這種語氣說話，讓他們明白她已正式脫離喪夫之痛。她用直接了當的口吻讓家人知道，不必再戰戰兢兢地與她相處，或刻意壓低聲音說話。她的語氣清楚表明她不要再忍受大家的寵溺，並讓他們知道何時該適可而止，例如此刻便是。

「不必了，親愛的，謝謝妳，」梅格婉拒。「妳帶亞倫上樓換衣服。晚餐只有三明治，我忙得過來。妳要留下來吃晚餐嗎？柏絲。」

「今晚不行，謝謝。我有約會。」

凱嵐抱著亞倫上樓，柏絲追上去。「妳不是有約會？」凱嵐兇巴巴地問，將亞倫抱進改裝成育嬰室的客房。

「時間還早。」

「這一位男士是我認識的，或是新人？」

「沒用的，凱嵐。」柏絲撲通坐到搖椅上，像印地安人般盤起雙腳。

「什麼沒用？」凱嵐心不在焉地問，解開亞倫的吊帶，脫下短褲。

「避談妳那位高大、黝黑而英俊的猛男。」

「他不是我的……任何什麼。」

「妳想，他結婚了沒有？」

「我怎麼知道？而且，已婚或未婚有什麼差別？」

「妳是說妳和一個已婚男人交往？」

「柏絲！」凱嵐猛然轉過身來喊道。「我沒和任何男人『交往』。他好意開車送我回家，只有這樣！今天花店生意如何？」

「普通。我覺得他未婚，」柏絲執意說下去。「他沒戴結婚戒指。」

「那沒什麼特別意義。」

「我知道。不過他『不像』已婚男人，妳知道吧？」

「不，我不知道。我沒仔細看他。」

「我倒是看得很仔細。身高大約六呎三吋，說到尺寸，妳有沒有發現他牛仔褲的前面整個鼓起來？」

「不要說了！」柏絲已觸及凱嵐的敏感神經，她背對好友，不想讓柏絲瞧見她泛紅的雙頰。「妳真嚇人。」

「妳覺得那只眼罩怎麼樣？」

「沒任何感覺。」

柏絲顫抖一下。「我覺得那性感得讓人瘋狂，加上那道邪氣十

49

足的鬍髭,他簡直像個攔路大盜。」

「瘋狂、邪氣?妳看太多羅曼史了。」

「還有那隻藍眼珠。」

「是綠的。」話一出口,她便知只能怪自己。她小心地回頭看柏絲,巴望她沒發現她說溜嘴。

柏絲笑得宛如天使,但一副惡作劇的眼神。「還說妳沒仔細看他?」她嘲笑道。

「妳回家去好不好?」凱嵐抱起已脫光衣服的亞倫。「我要幫亞倫洗澡,因為他一吃過晚餐就要睡了。妳還有約會,而且⋯⋯」她深深吸口氣。「我不想再談路爾先生,甚至不想再想到他。」

「我跟妳打賭他會一直想著妳。」柏絲鬆開雙腳站起來,對凱嵐暴躁的態度無動於衷。

「少荒唐了,他幹嘛想著我?」

「因為他一副不願離去的模樣。妳媽邀他喝咖啡時,要不是妳活像坐到大頭針般反彈起來,我打賭他會答應。『而且』他跟我一樣都注意到妳濕掉的襯衫。」

「他沒有!」凱嵐氣呼呼地大叫。

「噢,有,他有。再見囉!」

凱嵐還來不及反擊,柏絲已揚長而去。晚餐時,凱嵐的爸媽對那位「救命恩人」(梅格偏要這麼稱呼)同樣顯得十分好奇。他們問起話來雖不像柏絲那麼直接或充滿性聯想,但犀利程度也不相上下。

到最後凱嵐再也受不了了,起身說道:「早知道我就叫計程車,沒想到一個男人會造成這麼大的騷動。我們不會再見到這個人

了。晚安！」

　　她抱亞倫上樓睡覺。回到自己房間，她想看點書，卻不斷想起睿甫·路爾。「這也難怪，大家一整晚都在談他。」她嘟囔著把書合上。

　　「不管柏絲怎麼說，他都沒看我的襯衫，」她脫襯衫時斷然說道。「他沒有！」脫下胸罩時，她再次嘀咕。

　　然而想到他「可能」有看到，她失眠了一整夜。

　　「我不敢相信。」柏絲忽然出聲，一改慵懶的姿勢坐起身來，前廊上的鞦韆因此大幅搖晃。

　　「不相信什麼？」凱嵐打著呵欠問。她閉著眼睛，頭靠著椅背，躺在前廊一張長椅上。星期天午後，天氣煦暖而晴朗，而且閒來無事，讓人覺得懶洋洋地十分舒服。

　　「『他』來了。」

　　凱嵐睜開一隻眼睛，一瞧見柏絲說的對象，另一隻眼睛也跟著猛然睜開。睿甫·路爾在她家前面停下車來。

　　「我就說嘛！他會回來找妳。」

　　「妳要是說出一句讓我丟臉的話，我就宰了妳。」凱嵐對死黨威脅道，然後望著從人行道走到前廊的睿甫勉強微笑。

　　「嗨！」

　　「嗨！」兩位女士同聲回答。

　　他很快看柏絲一眼，目光接著落到凱嵐身上。她忽然對自己穿短褲、打赤腳的模樣感到忸怩不安。她的涼鞋已被踢到一邊，此刻去穿反而會讓他更留意到她的衣著有多隨便。

「我一直挺擔心妳的車，不過看來妳已經讓它安然回家了。」他指指停在車道上的旅行車。

「是啊！我父親通知了修車廠，他們去幫電池充電後車子已經能夠發動，不過可能得換個新電池。」

「好主意。妳跟他一起去的嗎？」

「沒有。」

「那他如何在一片車海中找到妳的車？」

她笑起來。「只有一部車漆有『花瓣滿天飛』的字樣。」

他渾厚的笑聲在前廊的遮篷下低沉迴盪。「很高興妳順利把車開回來。」

「是啊！」

凱嵐緊張地將髮絲塞到耳後，有點擔心頭髮是否像被打蛋器攪拌過那般凌亂。

談話嘎然而止，睿甫侷促地將雙手插進牛仔褲袋裡，牛仔布料繃住他的臀部。凱嵐真希望自己不記得柏絲提過他的「尺寸」，但她不但記得，還很不淑女地胡思亂想。

見凱嵐一副呆相，柏絲實在很想搯死她。看來她不得不出面了。「坐啊！睿甫，喝點什麼好嗎？」

「喔，不用了，」他很快地抽出雙手。「其實我是想來邀請凱嵐和亞倫一起去吃冰淇淋。我知道亞倫喜歡吃冰淇淋。」

凱嵐開口想拒絕，豈料柏絲大聲說：「真不巧，亞倫在睡午覺。」接著她的藍眼珠霍然睜大。「但凱嵐可以去。」

凱嵐一時慌張起來，結結巴巴說：「我不要——」

「我是否造成什麼干擾？」睿甫詢問地看看柏絲。

「喔，不必擔心我，」柏絲笑著說。「我雖然不姓鮑爾，但也不是客人。我和凱嵐從小一起長大，嘿，我幾乎是她爸媽養大的。今天中午我們本來在做日光浴，你瞧，他們家唯一能夠隱密地做日光浴的地方，就是凱嵐房間外的陽台。」她對他大使眼色。「如果你懂我的意思。」

他懂。他不是呆頭鵝。真要講這類有色笑話，他可以讓輕佻的柏絲大驚失色。拜託，他甚至發明了一堆。他可以傾過身去，用挑逗、誘人的微笑把兩個女人一起淹沒，再不費吹灰之力扯一堆裸體日光浴的玩笑。但凱嵐臉上的笑容那麼勉強，所以他沒有搭腔。

「可是天氣太熱，」柏絲說下去。「所以我們回屋裡淋浴，這會兒正舒舒服服在這裡納涼。事實上我都快睡著了，所以凱嵐沒有理由不能出門。」

睿甫接觸她的目光而微笑。「可以去嗎？」

「不行，我──」

「凱嵐，是誰……喔，路爾先生，」她父親推開紗門出來，腳上套著襪子，長褲上僅穿了件舊汗衫。

「您好，」睿甫禮貌地與他握手。「希望沒打擾您的午睡。」

「沒有、沒有，」克里夫說謊。「我在找今天的報紙，我以為我拿到前廊來了。」

「睿甫來邀凱嵐去吃冰淇淋。他真客氣，不是嗎？」柏絲滿面笑容地宣佈，彷彿剛簽到什麼重大合約。

「是啊！真客氣。」克里夫附和道。

「可是我最好不要亂跑，因為亞倫──」

「他沒事。我剛去看過他，他跟妳媽還在睡午覺。去吧！出去兜兜風還不錯。」

凱嵐似乎已好久不能完整地說完一句話。她真想勒死這三個人，她爸爸成了老好人，柏絲是個多嘴婆，而睿甫則是始作俑者，害得她窘迫不堪。「好吧！我進去換衣服。」她從椅上跳起來，往大門走。

「妳不需要換衣服。」柏絲用一副魔鬼士官長的權威口吻說。她曉得凱嵐想要什麼詭計，她會上樓搖醒亞倫，然後利用他當擋箭牌。

睿甫‧路爾是第一個不害怕凱嵐的冷淡而勇於追求她的男人。她才不管凱嵐要不要，她就是要將此事當成她的職責，不讓睿甫被凱嵐打退。她溫和地問：「她需要換衣服嗎？睿甫。你沒有要帶她到什麼需要盛裝的地方去吧？」

「應該不會。妳可以去嗎？凱嵐。」

他喊她名字時有種極為動人的腔調，讓她找不到任何委婉拒絕的方法。「應該可以吧！」她不自在地拉拉短褲下襬，「只要不出去太久。」她坐回椅子穿上涼鞋，然後凶巴巴地瞪了柏絲一眼，再次站起來。「可以走了。」

睿甫扶著她的手肘，兩人走下前廊。「不必急著回來，」克里夫在他們身後喊道，「我們會照顧亞倫。」

「要玩得開心喔！」柏絲猛揮著手喊。

凱嵐懊喪地坐進前座，在睿甫坐進車裡發動引擎時，拚命壓抑用雙手蒙住臉的衝動。一繞過街區盡頭的轉角，他出人意料地在路邊停下車來。把排檔推到停車的位置，將右臂放到前座椅背上，轉過來看她。

「呃，我知道剛才他們把妳弄得很尷尬，不過我不希望這樣。好嗎？」

他的嘴角帶著笑意，她垂下頭，短促地一笑。「我真的非常尷尬。」

「我知道，對不起。」

「不是你的錯，是他們那想趁你跑掉之前把你五花大綁的樣子讓我不好意思。」

「看來丈夫過世後，妳很少約會。」

「我完全沒有約會，也不想約會。」

這些話讓睿甫像被一記右勾拳擊中下巴，大感意外。他轉向前方，默然凝望擋風玻璃外的車蓋。一方面，她不曾與別的男人打交道，令他十分欣喜。但另一方面，她也斬釘截鐵地擺明遊戲規則且無意改變，又令他非常失望。然而她終究上了他的車，不是嗎？他好歹有這麼一點進展了，不是嗎？

凱嵐覺得自己的直率可能已近乎粗魯，正想開口道歉，他轉過頭來說：「連吃個冰淇淋也不行？」他將她即興的笑聲當做默許，重新發動引擎。「說真的，吃冰淇淋就像喝酒。」

「怎麼說？」

「一人獨享，毫無樂趣。」

他開車穿過建德樂的大街小巷，這些她素來熟悉的地方，但他似乎比她更瞭若指掌。「我買了這塊地。」

「這裡從前是郵局，現在郵局已遷入新建的購物中心。」

「人家也是這麼告訴我的。總之，我要在這裡蓋一座小型的辦公大樓，非常漂亮，有個花木扶疏的噴泉中庭，希望能吸引醫生、

律師之類的專業人士進駐。」

車輛駛過另一處，他又說：「我想標購這塊地，但可能標不到。這裡要蓋新的超級市場。」

「但這裡是養牛場！」

他笑了。「一年後妳再來看看！據我所知，這裡也會有一座影城。」

他對這座她住了一輩子的小城似乎掌握了不少內部消息，甚至更可能就是那種在城裡呼風喚雨、大興土木的有力人士之一。

「我和柏絲說不定應該考慮把花店遷到一個新的地點。」

「不必，妳們的地點相當好。」

她立刻看他。「你怎麼知道我們的花店在哪裡？」

「我今天來接妳時經過花店，」他停一下，自在地答道。「我很好奇『花瓣滿天飛』是什麼模樣。妳們開店多久了？」

「將近一年。理查……我丈夫，過世後約半年。」她的手捏著短褲的下襬。「因為我和柏絲從小就喜歡電影《窈窕淑女》這部電影，總說我們要開一家像女主角所盼望的那種花店，所以當我發現自己無所事事時，柏絲開始慫恿我，那時她的工作讓她很不快樂。我爸媽也覺得這是好主意，我需要做點事，同時為亞倫的未來做投資，於是……」她慢調斯理地說道。「我們便開始合作，一轉眼，我就成了花店的合夥人。」

「生意好嗎？」

「到目前為止，還不錯。城裡另一家花店想法老舊，欠缺想像力，客人已經快被我們搶光了。」她露出俏皮的微笑，使得睿甫願意為了一親芳澤而付出一切代價。他留意著她的手，畢竟在那棉

質短褲捏來捏去的手下，是光滑柔潤、帶著花香、曬成小麥色的美腿。

惱人的是他必須專心開車。他從主要公路轉進一條顛簸不平、尚未舖設柏油的小路。

「你要去哪家我不知道的冰淇淋店嗎？」凱嵐問。

他笑著眨眨眼睛。「說不定我只是想把妳拐進森林裡。」她的笑容頓然不知如何是好，他笑起來，伸手拍拍她的膝蓋。「放輕鬆。」

「我碰到她的膝蓋了，我的皮膚貼著她的皮膚。老天！但千萬不要得寸進尺，把手移開，小子，馬上移開。」睿甫心想。

「我急於完成一棟屋子，今天有批木工正在趕工，我想確定我的工資沒有浪費。不介意暫停片刻吧？」

不，她不介意，但要她「放輕鬆」？當她的膝蓋上全是他的手傳來的熱辣感時，絕不可能。

小路在松樹、橡樹及胡桃樹林間蜿蜒而行，盡頭則是一棟正在興建中的房子，即使尚未完工，也仍然看得出來它新穎而搶眼。新屋所在的這片斜坡穿過樹林抵達一條淺淺小溪。

「這裡好美啊！睿甫。」她喊道，甚至沒發現她自然地直呼他的名字。

但他留意到了，不由得對她微笑，並停下車來。「喜歡嗎？」

「這地方美極了。」

「來吧！我帶妳四處看看。」

「我覺得我不該下車。」她清涼的衣著，加上當車開到空地時，那群全體一致停止工作、好奇張望的工人實在讓她很不自在。

「我是這裡的老闆，」睿甫推開車門。「如果我說妳該下車，妳就該下車。」

陽光熱熱地照著她裸露的腳，暖風輕拂在腿際，但她對外在環境幾乎沒知覺，眾目睽睽之下，她被睿甫推著走過凹凸不平的地面，繞過大堆的建材，往屋子走去。他們小心翼翼地走，睿甫不悅地皺個眉，建築現場立即復工，槌頭乒乓敲打，鋸子嗡嗡作響，電鑽呼呼轉動。

「小心釘子，」他發出警告，一手抓住她的手肘，另一手架在她的背窩。通過障礙之後，他戀戀不捨地收回雙手。「大門要設在那裡，我打算鑲上雕花玻璃。」

「很棒啊！」

「一進門就會看到天窗。」

「我喜歡天窗。」

「真的？」其實她在其中一封信裡已經提過。

「……接著走進去。正是那種我夢寐以求的房子，非常現代化，四周綠樹成蔭，還有天窗。」

「我參觀過一棟類似的房子，非常喜歡。」

「小心走。」睿甫體貼地握住她的手，走到下一層的工地。「這裡是客廳，但不是那麼正式，那面牆會有一座壁爐。餐廳從這裡走，廚房在那邊。」他比劃著一一介紹，凱嵐想像牆壁砌成之後的景象。由於專心看屋，她沒去想她的手在他的掌中感覺好小。

「妳踩得過去嗎？」

「沒問題。」她說，很高興能夠趁機把手收回來。

但事與願違，因為他依舊牢牢握住她的手，兩人擠過一落又一落二乘四吋的木板。「這裡是主臥室，不過很快就不能穿過牆壁過來，而是經由走廊。」

「必須把牆壁架起來真可惜。」

「每個房間都開闊而通風，感覺有如露天而居。」

「我有同感。所以每條走廊都有一面牆開著整片落地玻璃窗，不會有封閉的感覺。」

由上方橫樑斜射而下的斑駁陽光，在他臉上形成明暗交錯的光影，在黑髮上反射出來。黑色的鬍髭輕碰看來好似耍賴地噘著嘴的性感下唇。

凱嵐將手收回，好讓自己用另一隻手握住。他的觸碰看似無心，但凱嵐依然覺得他另有用意。像睿甫‧路爾這樣相貌英俊、體格挺拔的男人，必定都是獵豔高手。不難想像，他的腰帶上不知掛了多少女人的心。她該趁早讓他明白她不會是他獵豔的對象。

「那是什麼？」她問，拉開兩人之間的距離。

「另一座壁爐。」

「我不信！」

「是真的。為什麼不信？」

她總是在她夢想的房子裡，為主臥室加上一座壁爐，但基於某種原因，她不想告訴睿甫。「沒有為什麼，臥室有座壁爐很不錯。」

「而且很浪漫。」

她往別處看。「應該是。」

　　「路爾先生？」有個木工跟著他們已有一會兒，但直到此刻他們才發現他。「打擾了，不過既然你在這裡，可不可以請教一個跟早餐區有關的問題？」

　　「可以啊！我們馬上過去。」他們穿過房子的骨架，折返廚房區。

　　「這裡是休閒用餐的地方，你說你要有扇窗，要開在哪面牆上？」木工問。

　　睿甫交抱雙臂，轉過身面對凱嵐。「妳對房屋設計似乎挺有天分，妳覺得我們應該把窗戶開在哪面牆上？」

　　「我對建築一無所知。」

　　「多個意見參考也無妨。」

　　「這……」她遲疑地說，「我瞧瞧。那裡是南邊，這裡是東邊，對嗎？」

　　「對的。」木工肯定道。

　　她思考房屋的形制片刻，然後說：「為什麼不能兩面都開？」見他們一臉迷惑，她趕緊說：「可不可以讓兩面窗在角落銜接？也許可以做那種傾斜式的玻璃屋頂？那樣會有種在綠樹環繞的戶外用餐的效果。」

　　木工懷疑地搔著腦袋：「我看過組合式房屋有那種日光室，也許可行。」

　　睿甫從善如流，往木工的背部一拍。「明天跟建築師商量看看，讓我知道結果。我喜歡這個想法。」他轉向凱嵐。「謝謝妳！」

　　他讚賞的眼神使她覺得雙頰發熱。「建築師可能會對我打亂他

的設計不太高興。」

「建築師要擔心的是我高不高興。」

他們再次走到屋外，步向停車地點。「我覺得這棟房子一定會很漂亮，」凱嵐由衷地說。「不知道會是誰住在這裡？」

「沒人知道，說不定是妳和亞倫。」

他出人意表的回答使她不小心絆到一袋廢棄的混凝土，睿甫立刻伸手環住她的腰，將她拉到胸前。

「小心。沒事吧？」

她沒事，只是突然間喘不過氣來，裸露的皮膚竄過一陣刺癢，腹部也捲起熱流。她已經忘記被男人擁在懷裡的感受有多美好。刮鬍膏、古龍水及汗水味混合而成的男性氣息，瀰漫她的腦際。這些特殊的氣味始終讓她非常的懷念。他的身體堅硬、結實而強壯，當他殷切地俯看她時，溫暖的氣息輕拂她的臉頰。

「我很──很好。」她結巴地說，掙脫他的擁抱。

「確定？」

「確定，只是有點笨手笨腳。」

這一絆使得涼鞋的帶子鬆脫，她彎身調整時，有個工人吹了聲口哨，她猛然站起來，轉過頭看。只見所有工人都忙著工作，臉上也都一副欲蓋彌彰的無辜表情。

她抬頭看睿甫，他無奈地笑著聳聳肩。「他們的品味果然不錯。可以走了嗎？」

最好快走。她是不願違逆柏絲及父親的好意，才和睿甫出來，而且以為頂多半小時左右就會回去。開車到冰淇淋店買兩個甜筒能花多少時間？

　　誰曉得他們竟然從城裡一路開到這裡。她實在不該跟他來到工地，還替他興建中的房子出主意。她到底在想什麼？

　　「你還是送我回家吧！」車子一開上顛簸的小路，她便對他說道，「亞倫可能快醒了。」

　　「我答應要請妳吃冰淇淋的。」

　　「那沒關係。」

　　「對我有關係。」

　　如果他繃緊的下巴是個指標，看來事情沒有轉圜的餘地。凱嵐由此見到了睿甫・路爾的另一面。他或許願意熱心奮勇地跳入噴泉救小孩，或許有耐性在週六下午幫忙將嬰兒車推出擁擠的購物中心，也或許好心到願意開車將一個束手無策的女人安全送回家，但他依然有那種大男人的固執性情。而那純粹男性的霸氣，讓坐在冷氣車廂他身邊的女人，不免感到微微的忐忑不安與害怕。

　　說到他的車，又是一大矛盾。她以為他開的會是那種剽悍、酷炫、底盤很低，說不定是進口車種的時髦玩意兒，但他反而開一輛純粹美國車系，款式保守，中產階級的家庭房車，寬大的後座放得下亞倫的兒童座椅。

　　老天！她在想什麼？

　　「妳最喜歡哪一種？」

　　她震一下，被他突如其來的問話及自己的念頭嚇了一跳。「什麼最喜歡哪一種？」

　　「冰淇淋。我最喜歡巧克力杏仁口味。」

　　「我也是！」

他對她咧嘴而笑。「真的？」

「只要是跟巧克力杏仁冰淇淋有關的事，絕對認真。」

這是初夏的第一個星期天，冰淇淋店人滿為患，睿甫將凱嵐安置在靠窗的高腳椅上，便過去耐心排隊。她只要一球冰淇淋，但他為她買了兩球。「我絕不可能全部吃完。」她邊說邊舔那香甜滑嫩到讓人願意為它犯罪的冰淇淋。

「盡量吧！我們到外面的涼亭，妳已經在起雞皮疙瘩了。」

冰淇淋店的冷氣太強，凱嵐裸露的手腳佈滿雞皮疙瘩。她不知該為他的細心而感動，還是為他如此注意她的身體、看到她在打寒顫而心慌。他們步出大門時，有一家五口人正要進來，其中一個六歲左右的小女孩問：「爸爸，那個叔叔眼睛上的東西是什麼？」

小女孩的父母非常不好意思，趕緊把孩子往店裡推，一面低聲嚴厲地叫他們不要瞪著人家看。

「抱歉。」睿甫喃喃而語。

凱嵐一時無言，既為他，也為那對父母感到尷尬，她當然不怪那個只是出於好奇而非存心無禮的小女孩。

「被人看見和我在一起，妳會不高興嗎？」他粗啞的聲調裡有種自我辯護。

「當然不會！」她叫著轉過來面對他。

「我的眼罩常嚇到人。」

「也很迷人。」他驚訝地看她，她解釋道：「柏絲說你看起來像個攔路大盜。」

他搖頭大笑。「攔路大盜？」但那笑容隨即消失。「我會讓小孩害怕。」

「亞倫沒有害怕。」她平靜地指出。

「是的,的確沒有。」他緊繃的姿勢開始放鬆。「如果那小女孩說的話讓妳尷尬,我很抱歉。」

「我不尷尬,但我知道這種情況讓你不自在。」

「我已經漸漸習慣了。」他舔甜筒,舌頭從鬍髭下的上唇滑過去。凱嵐不由得想像舔過鬍髭的感覺,是滑滑的還是沙沙的?「有時我會沒留心到自己給別人的觀感。就拿今天來說,我先是穿了條短褲,後來才換上牛仔褲。」

「為什麼?」

他笑起來。「如果妳以為這該死的眼罩很可怕,那妳該瞧瞧我的左腿。我不想嚇壞妳。」

「別傻了,你隨時都可以穿短褲來找我。」

他深深地看著她,笑容變得意味深長。「我會記住這句話。」他低沉而挑逗地說。

「糟糕!」他是不是以為她在暗示他們可以再見面?她趕緊轉移話題,問道:「你發生過意外?」

「可以這麼說。」

又一個失策。談論他的殘障讓他不自在,所以這個話題到此為止。她搜索可以閒聊的內容,但一無所獲。除了在購物中心那匆促的半小時,他們之間還有什麼共同點?

睿甫對他們的欠缺共同點似乎毫不在意,逕自帶她走進可以避開初夏陽光的格子涼亭,他們在涼亭內的長椅坐下來吃甜筒。

「好些了吧?」悠長的沉默後,他用下巴點點她的手臂。「妳的雞皮疙瘩不見了。」

「好多了。」如果此刻她又冒起雞皮疙瘩，那是因為他的腿距離她非常之近，她不時覺得那柔軟的布料磨蹭著她的腿。

「你穿了另一雙靴子。」她嘎嘎作響地咬著甜筒。

他低頭看腳，果真套著另一雙蜥皮靴子。在德州土生土長的凱嵐很清楚這雙靴子所費不貲。「直到最近我才買了生平第一雙牛仔靴，然後我覺得我可能再也不穿其他種類的鞋子了。」

這家冰淇淋店位於一列商店與精品店之中。稍早睿甫對凱嵐說過，這座購物中心的創建人是本地最精明能幹的業者之一，在這家商場蓋了座露天小公園，成排柳樹彎向一條人工鑿成的岩岸小溪，彷彿在向悠游於水上的水鳥俯首稱臣，攔腰切半的威士忌酒桶裡種滿盛開的花朵。在這處充滿田園趣味的角落，人們可在草地上閒坐、在溪畔戲水、牽著戀人的手倘佯其間。

另一對男女來到涼亭旁邊，兩個年輕人只顧痴痴相望，沒注意到坐在亭中暗處的凱嵐與睿甫。那男子摟著女子的腰，對她輕聲細語，她的雙臂則交纏在他的腦後，一如天底下所有的熱戀中人，他們的身體嬉戲似地磨來磨去，眼睛和嘴唇都離不開對方。

「你顯然不是本地人。」凱嵐不自在地清清喉嚨，不知睿甫是否看到那對情侶。他半天沒有反應，她抬頭看他，他正從涼亭的格子架望著那對年輕男女。

感覺到她在看他，他心虛地轉過頭來。「喔，沒錯。我家在費城，以前也在東北部上大學。」

男子的手此刻在女子的臂上滑動，用手指背部從她的肘間溜到肩膀，鬆鬆地摟住她的脖子。

「難怪你說話沒有口音。」凱嵐說。

男子輕吻女子，淺嚐細啄。

「我想是吧！」

女子往後仰起頭，說了句話，逗得情人低聲笑起來。

「你有家人嗎？」凱嵐的聲調微喘，彷彿被男性飢渴的雙唇又啄又咬的是她的脖子。

「家人？」睿甫遲鈍地應聲。「噢，家人！有啊！我父親，他是位律師。」

男子用嘴推開女子的衣領，隨即沒入衣褶裡。睿甫不自覺地用舌尖舔過鬍髭。

「就這樣？只有父親？」

女子輕聲吟哦，一手伸到男子的胸前，大拇指懶洋洋地摩挲著他的乳頭。

睿甫輕咳，在長椅上動了一下。「就這樣。我母親幾年前過世，我沒有兄弟姊妹。」

情侶開始接吻，這回極為熱烈。偏著頭，舌與舌廝磨，手腳同時交纏，身體緊緊相貼，大腿自動地鎖在一起，歡愉的呻吟與激情的呢喃隨著陣陣微風在涼亭周遭迴盪。

長椅上抵住凱嵐的結實大腿繃得又緊又硬。「快舔。」

急躁的催促聲使得凱嵐突然睜大眼睛，與那隻綠眼珠強烈的視線交接。「什麼？」

「快舔它，要滴下來了。」她目瞪口呆，啞然望著他。「妳的冰淇淋。」

她恍然大悟，立刻回神。「噢！」融化的冰淇淋已從她的指間淌落。

睿甫猛然站起來，表情有些痛苦。「吃完了嗎？」

她低頭看剩餘的冰淇淋甜筒，吃驚地發現它已被捏成一團。她就像手持凶器被人贓俱獲般，幾乎是把殘餘扔給他。「吃完了。」

無論她怎樣命令，心跳就是不肯減速，而且口乾舌燥。老天，她願意不計一切代價只求深深地吸口氣。從他說也許是她和亞倫要住進那棟興建中的大房子，她便開始感到暈眩，她需要充分的氧氣，才能擊退那種感覺。

睿甫將他們的垃圾拿到涼亭外面的垃圾桶。凱嵐站起來，邁著顫抖的腿走出來。涼亭的門框著她，那可愛的模樣讓他呆了一下。

陽光將托住她臉蛋的秀髮照得猶如燃燒一般，微啟的雙唇紅潤光澤，她眯眼抵擋太陽，長而翹的睫毛鑲著柔和的茶褐色雙眸。

「睿甫，怎麼了？」

「沒事，」他嘎聲答道。「我只是在想妳們在屋頂做日光浴的景象。」紅潮與熱氣從凱嵐的露背衫下衝到喉部，再湧上臉頰。她沒說一句話，但他的臉彷彿磁鐵般吸住她的目光，她無法移開視線。「那一定很賞心悅目。」

她吞嚥一下。「是啊！柏絲的身材非常火辣。」

他拖了好久好久，才低聲說道：「我想的人不是柏絲。」

他們在屋前停了車，凱嵐知道每扇窗後必然都有雙眼睛。她真想直接跳下車，衝向大門，然而碰上睿甫這種紳士作風的男人，那是不可能的。他繞過來為她開車門，並伸手想扶她下車。她裝作沒看到，她不能跟他接觸。

步上前廊，她尷尬地面對他，因為他說日光浴那句話而無法看向他的眼睛。「謝謝你，今天下午很愉快。」

妳還不夠呆啊！凱嵐？他可能迫不及待地想離開，她這麼想。

我怎會慾火中燒到說出日光浴那種話？我沒希望了，他這麼想。

「我也是。」他忽然覺得腳上的新靴子好重，不自覺地換著重心。「那麼，再見，凱嵐。」

「再見。」

她轉向大門，險些撞上匆忙出來差點絆到自己的母親。「噢，我的天，」梅格慌亂地說。「路爾先生，很高興又見到你。」

她那種意外碰見他們的驚奇表情簡直跟三元美鈔一樣虛假，睿甫知道，而凱嵐知道他知道。她真想一頭鑽進洞裡，再也不要露臉。

「妳好，鮑爾太太。」

「我剛做了三明治和檸檬茶，我們打算到後院的野餐桌去吃，一起來吧？」

睿甫心動地看向凱嵐，她的笑容很勉強。算了，最好不要，他想，一日所能推進的距離已經到頂。要是他沒說日光浴那句話……但他說了。可是，他能怎樣？先是看她用那種煽情的動作吃那該死的冰淇淋，已使得他心猿意馬，再看見她盈盈佇立於陽光下的俏模樣，更讓他恨不得一口吃了她。噢，真是的，傷害已經造成了。

迫於需要，他不得不婉拒梅格的邀請。「聽起來很棒，可惜我還有事。」

梅格熱切的笑容垮下來。「真不巧，那就下次吧！」

「非常樂意。」他對母女倆笑了笑，隨即快步下階，從人行道走向他的車。他一驅車駛出他們的視線，柏絲和克里夫便從大門裡

衝出來。

「怎樣？」柏絲問。「他有沒有再約妳？」

「你們還會不會再見面？」

「他有沒有問可不可以打電話給妳？」

「噢，拜託！」凱嵐氣急敗壞道。「請你們快快長大吧！不要再煩我。」她掠過他們身邊，氣呼呼地走向大門。

但她究竟在生誰的氣？是睿甫？是她一片好意的雙親？是柏絲？還是她自己？

其實是因為睿甫沒有接受她母親的邀請，她有那麼一絲失望。

「不行不行，亞倫，」凱嵐第一百次重覆道。「不要碰那些花。」

母子倆一起在花店後面的房間。平日凱嵐上班期間幫忙照顧亞倫的母親必須去看牙醫，而克里夫出門辦事尚未返家，所以梅格將亞倫送到花店寄放，並表示不會耽擱太久。

凱嵐得一面盯住兒子一面作本月份的帳。當初分配花店的職務時，柏絲便自願負責看店做生意，而由凱嵐接下所有訂貨、記帳及會計的工作。柏絲喜歡跟人打交道，但算起帳來一塌糊塗，而由於凱嵐有個孩子需要照顧，會計事務讓她的工作時間有彈性。

當凱嵐將另一筆記錄打進計算機時，隱約聽到花店大門的鈴聲響起，但並未特別留意，直到柏絲大聲喊道：「喂，凱嵐？」

「嗯？」她心不在焉地應聲，提筆記下總金額。

「妳有客人。」

「客——」

她的疑問消失於嘴邊，睿甫從那扇分隔了店面與後房間的百葉雙面門進來。

「嗨！」

柏絲站在他的背後，笑得活像迪士尼卡通《愛麗絲夢遊仙境》裡的那隻笑笑貓。「我想妳大概想親自接待這位客人。」

凱嵐用殺人般恫嚇的眼神瞪她。星期天晚上是一場折磨，他們一起在後院樹下的野餐桌吃晚餐，老餐桌的油漆已斑駁脫落，凱嵐早已記不得它在後院經歷過多少歲月。從前她和柏絲常在桌上鋪一條毯子，然後躲在桌下「露營」。

「妳什麼都不跟我們說嗎？」柏絲嚼著梅格最拿手的烤豆問。

「沒什麼好說的，」凱嵐答道。「還有，你們三個不要瞪著我可以嗎？我不會像小木偶開始長出長鼻子。」

「不說等於說謊，」柏絲道。「我覺得妳瞞著我們，這樣太陰險了。」

凱嵐將叉子放在餐盤上，看著盤子慢慢數到十才抬起頭。「好吧！他把我載到樹林裡，停下車來，撕光我全身的衣服，我們就在車後座瘋狂、激烈地做愛。我們變成了野獸，因原始的慾望和激情而燃燒。滿意了吧？」

說完，唯一笑得出來的只有凱嵐。「沒意思，」梅格僵硬地說。「這幾個月來，我們一直勸妳，妳還年輕、漂亮，不該就此封閉人生。我們也一直鼓勵妳交朋友，路爾先生是第一個妳沒有立刻拒絕的人，我們只是為妳感到高興。」

凱嵐疲倦地嘆口氣。「這就是我的意思，媽，沒有什麼值得高興的。我有丈夫，他叫理查·史楚德，在我有生之年他都會是我的

丈夫。我不要再戀愛，除了理查我不要再愛任何人，也不要再找對象來愛。」

「愛、愛、愛，」柏絲生氣地嚷道，「妳非得每個句子都有一個『愛』嗎？為什麼不能只是開心地出門玩玩。妳不一定得愛他，也可以享受和男人相處的樂趣啊！」

「也許妳可以，但我做不到。何況妳非常清楚，柏絲，男人帶女人出門，不可能不期望女人以上床當回報。抱歉，爸，媽，」她對臉色發白的父母說。「但這年頭風氣就是如此。好了，我不想再聽到跟睿甫‧路爾或任何男人有關的話題。我不需要男人，夠清楚了嗎？」

雖然他們尊重她的要求而改變了話題，但她很清楚睿甫‧路爾的風波絕對不會以此為止。星期一整天，她爸媽一聽到電話鈴響便衝過去接。在花店工作時，柏絲也是這樣，但沒有一通是他們所期待的對象打來的，凱嵐因此如釋重負。

但也有點失望。他好歹可以打個電話給她，給她一個拒絕再與他見面的機會。儘管她極力克制，但思緒依然不時飄回他身上。

此刻，見他站在後房間的門口，她的五臟六腑頓時糊成一團。一陣低沉的轟隆之聲，大浪般地衝過她的腦際。

「你好，睿甫。」

聰明的廣告商真該找他當牛仔褲模特兒，她想，他穿牛仔褲實在好看。一件棉質襯衫完美地裹住雄偉的胸膛與上臂，他的頭髮被風吹得亂中有序，黑眼罩讓他有股外籍傭兵的危險氣息，像個行走在罪惡邊緣的男人，必須小心應對。非常非常小心。

但有違男子氣概地，睿甫蹲下來對站在存放花材的大型冰櫃前

的亞倫說話。「嗨，童子軍。」小男孩正開心地用雙手拍打冰涼的玻璃，睿甫輕拍他的臀部，他開心地略略作聲，淌著口水露齒而笑。

「我還有事，失陪。」柏絲說完即消失不見。

凱嵐沒來由地從桌後站起來，但見睿甫也同樣站起來時，她又坐下去。要是她有那麼一點幽默感，她一定會覺得這幅有如坐蹺蹺板的畫面很好笑。

「妳真漂亮。」他說。

她低頭瞧瞧身上簡單的衣服，香檳色，她知道這顏色很適合她，但並無特別之處，不知為何他會開口稱讚，然後她才想到他從未見過她穿洋裝。「謝謝。」她是否也該稱讚他很好看？但他並不是好看，而是……性感。她當然不會這麼說，因為她覺得他自己知道。

「這裡好香啊！」

她強迫自己緊抓原子筆的手放鬆。「這是在花店工作的好處之一，這裡總是充滿花香。」

「我覺得可能是妳。妳的香水很香。」

原子筆再度被抓得死緊。她硬把視線從睿甫臉上移開，恰好瞥見亞倫的動作。「不，亞倫。」她離開椅子，繞過桌子衝過去搶救一把康乃馨。那把康乃馨插在水桶中，準備要插一盆客人預訂的花。她蹲下來，將摸東摸西的兒子從誘人的康乃馨前轉開，並用玩具吸引他。「這兒，來玩噗噗熊。」

起身時，她發現自己像影子般離睿甫好近，連忙退後。「他什麼東西都要碰。」她不自在地伸手去摸頸上的金鍊，這動作卻吸引了睿甫的注意，吸血鬼也沒像他這麼全神貫注地盯住別人的脖子。

「妳都帶著亞倫一起上班嗎？」

「沒有。」她解釋母親去看牙醫。此時此刻，凱嵐實在不知道她究竟是希望母親回來解救她與睿甫獨處的窘境（柏絲肯定幫不上忙），或是寧可母親根本不曉得他來過花店。

但她為何如此大驚小怪？他不過是另一個顧客。「能幫你挑什麼花嗎？」

「噢，對了，」他回過神來，專心辦事。「我要訂一小束胸花。」

「噢。」

一堆念頭閃過腦際，頭一個是胸花要送誰？然後是，如果他只是要訂花，為何不直接在店裡跟柏絲討論？接著是，老天，說不定他根本無意見她。會不會是柏絲硬把他推到後面來的？

「呃，我瞧瞧。有了，訂單在這裡。」她一把抓起訂單冊子和筆，在最上端填入他的名字。「想訂哪種花？」

「我不太確定，妳說呢？」她俯在桌面上，他走到她的身後，她感覺到他的腿擦過她的裙子。她瘋狂地想到兩個月前柏絲拖她去看的一部法國片，她閉上眼睛片刻，直到那些情色畫面消失。

她顫然吸口氣，說道：「什麼場合要用的？」

「一個半正式的宴會。」

宴會？在哪裡？是誰要配戴這胸花？「宴會，好的。」

「我喜歡蘭花。」他說。

「蘭花嗎？」

「是的。花朵很大、有絨毛、白色的那種。」

「你一定猜不到那天我在放紀念品的箱子裡找到什麼東西。你在聯誼會春季舞會送我的第一束胸花。記得嗎？我就是在那時愛上了你和虹形鐘蘭花。」

凱嵐驚訝地看睿甫。「虹形鐘嗎？」

「什麼？」

「虹形鐘。你描述的那種蘭花叫虹形鐘，一種洋蘭的交配種。」他沒作聲，於是她仔細描述：「這種蘭花非常漂亮，有大型的白色縐摺花瓣和金黃色的深喉嚨。」他盯住她正在說話的嘴唇。凱嵐實在搞不懂，「喉嚨」一詞怎會成為英語中最煽情的字眼？

「我就是要這種蘭花。」

「我……我得跟達拉斯訂貨。你什麼時候要？」為什麼他一副想將她吞進腹中當午餐般看著她？她又為什麼容許他這樣看她？

「星期六晚上。」他移近一步。

「沒問題。」她輕快地說，被忽然變得安靜的小房間，以及兩人的近距離弄得很緊張，她幾乎能數出他濃厚的鬍髭有多少根。

她俯向桌面。「一朵或是兩朵？」

「兩朵。」

「這種花很貴。」

「沒關係，不必省錢。」

「什麼時候取貨？」

「妳們有宅配服務嗎？」

「有的。」

「那請在星期六中午送到。」

「地址呢？」

「東士頓路二二五號。」

原子筆從突然發軟的指間滑落，滾過桌面掉到地上。凱嵐轉過身來，抬頭望向俯看著她的那張黝黑、英俊的臉。「那是我家的地址。」

「妳願意陪我去參加宴會嗎？」

她張口結舌地望著他，先猛搖頭，最後才擠出聲音。「不，不行。」

「這不是約會，」他急忙說道。「這是一場為銀行業者和其他可能的金主所舉辦的宴會。我們一群土地開發商集資拍攝了一支介紹社區商機的影帶。」

「這跟我有什麼關係？」

「妳在這裡土生土長，而我是初來乍到，我希望妳陪我出席，介紹我認識大家。」

如果有哪件事是凱嵐有十足把握的，那就是睿甫・路爾根本不需要任何人的介紹。只要一個像他此刻對她所展露的笑容，所有人，尤其是女人，都會聽他的話。他的一張笑臉從賣牙膏到推銷威士忌，所有商品皆可一網打盡。最後就算不用性感訴求，光靠他的領袖氣質，睿甫・路爾起碼也還能再戰兩回合。他是那種既能吸引男性，又能迷煞女性的男人，人人都會想要跟他攀交情。

「不，睿甫，很抱歉，但是不行。」

若非他的威脅性如此之強，她也許會接受邀請，但他太過誘人。只要她與小城最新的黃金單身漢公開露個臉，謠言便會滿天

飛，到本週日早上她母親的朋友就會開始討論結婚事宜。

他抱憾地嘆口氣，摩挲後頸。「沒想到我得搬出這種手段才能邀到一位美女，但我實在無計可施了。」

「什麼手段？」

他閃爍的綠眸在眉毛之下誘哄地看著她。「妳欠我一個人情。」

「請問這個小無賴是誰家的小孩？」

兩人同時轉向門口，看見柏絲氣呼呼地抱著亞倫，他一隻濕答答的手抓著三枝滴水的康乃馨。從後房間直到店面一路散佈著被他抓爛的康乃馨，枝梗上的水珠直滴到地板上。他正抓著另一枝體無完膚的康乃馨對他們揮舞。

「天啊！柏絲，對不起。」凱嵐衝過去，從柏絲臂彎裡接過亞倫。

「沒關係，他只不過摧毀了價值大約十美元的康乃馨，加上把他的噗噗熊塞進花瓶裡。你們八成很忙。」她一雙藍眼珠戲弄地在睿甫與凱嵐之間轉來轉去。

「我們……路爾先生要訂一束，呃，一些花。」

柏絲心知肚明地看他們一眼，帶著寬容的微笑離開，讓兩人再度獨處。

「怎麼樣？」睿甫問。「星期六晚上的宴會。」

「我不知道。」凱嵐開始跟亞倫搶奪康乃馨，怕他會吃它們，她不清楚康乃馨究竟有無毒性。最後他敗下陣來，轉而去抓她的耳環。

她怎麼有辦法一面跟兒子搏鬥，一面決定這種事？她應該一口

回絕睿甫，不管他的邀約多讓人心動。她從未接過收件人是她本人的訂單，一名素昧平生的男人對她如此示好，令她相當不安。

「但是，」她確實欠他一個人情，所以如果他真的把這邀約當成公事⋯⋯

「這不是約會？」她謹慎地問。

「不是。」

「我不希望造成你的誤會。」

「我瞭解。」

「我是說，我是個寡婦，我不約會。」

「妳已經對我說過了。」

她說過，不是嗎？所以幹嘛還嘮叨不休？要是她說個沒完，他會覺得她的反應太過火。「好吧！我去。」

「好極了。星期六七點左右，我去接妳，別忘了胸花。」

「你要我配戴它？」

「當然了。再見，亞倫。」他拍拍小男孩的下巴。「星期六晚上見，凱嵐。」

他走出雙面門片刻，柏絲便推開門。「『星期六晚上見，凱嵐』，他是這麼說的嗎？」

「是的，我要陪他去參加一場宴會。」

「太棒了。」柏絲握住雙手問：「妳要穿什麼衣服去？」

「我什麼都不穿。」柏絲的嘴圈成一個小小的O型，凱嵐認命地嘆口氣。「我是說，我穿什麼都無所謂，因為那不是真正的約會。」

「喔，那當然。」

「不是約會，是公事。他要求我陪他出席，介紹他認識大家。」

「那當然。」

「是真的！」

「是啊！是啊！」

「這不是約會。」

「當然不是。」

「他自己這麼說的，這不是約會。」

但感覺就像約會。

5 除了第一次汽車約會、畢業舞會及結婚典禮，凱嵐不記
得曾如此戰戰兢兢地打扮赴約。她不願想到婚禮及理查
，但「不願想」反而使得與睿甫‧路爾的這個「約會」更為特別，
雖然她口口聲聲發誓說沒有。

化妝時，她緊張的笨手笨腳，沒一樣做好，一隻眼皮得塗抹三
回才算完成。偏偏亞倫彷彿多了一雙手，每樣東西都不放過。她的
爸媽則不斷闖進房間，一下報時，一下播報最新氣象，問東問西，
熱心幫忙卻越幫越忙。

謝天謝地的是，柏絲有個「重量級約會」，凱嵐因此逃過她的
騷擾。柏絲堅持凱嵐為這個約會添購新裝，就算凱嵐堅稱這不是
「約會」。

凱嵐最後的投降只換來另一場爭論，那就是該買哪件衣服。柏絲硬是拖她上街血拼。

「我喜歡黃色這件。」凱嵐說，柏絲只用食指挖開自己的嘴，扮出作嘔的表情。「表演生動。」凱嵐譏諷道。

柏絲的雙手往腰上一插，質問道：「妳比較希望像神秘、美艷的女間諜瑪泰哈莉，或黃澄澄的『陽光小瑪麗』？」

「我比較希望像我自己。」

「再試穿黑色這件。」

「這件太……太……」

「沒錯，」柏絲說，不耐煩地將黑色洋裝塞給凱嵐。「這件衣服美艷、大方，這『就是妳』。對不對？」她恐嚇似地問瑟縮在試衣間牆角的店員。

「對！」

最後凱嵐帶著那件黑色洋裝離開服飾店，直覺自己做了錯誤的選擇。黃色洋裝比較適合她，這件黑色洋裝太過世故、成熟。睿甫會覺得……天知道他會怎麼想。

當她拉上小禮服背面的拉鍊，看到鏡中的自己時，先前的憂慮更為強烈。絲質小禮服在該貼身的地方貼身，該起伏的地方起伏。黑色很襯她的膚色，尤其她又化上淡淡的腮紅、霜白眼影及桃紅冰沙唇彩，襯得肌膚更為明豔。她的頭髮柔軟、閃亮，經過很有技巧的梳理，婉轉捲曲在肩部，一側則往後梳到耳上，用一只髮飾梳子別住。她的頸部戴著一串珍珠項鍊，兩耳飾以珍珠耳環。

聽見樓下門鈴響起，她拿起蘭花胸飾，趕緊別在衣服上，卻不

小心被別針扎到手，幸虧這陣子聽見什麼就跟著學的亞倫不在房裡，沒聽到她的咒罵。

就在這天下午，這枚胸花又引發她與柏絲的另一場論戰。「已經四點半了，妳還沒做睿甫訂的胸花。」

「我不打算做。」凱嵐答道。

「妳不做不行，帳單已經寄給他了。」

「什麼？」

「他是顧客，凱嵐，他訂了一束胸花，我寄了帳單給他，所以現在我們欠他一束胸花。」

凱嵐憤然瞪了笑嘻嘻的好友一眼，只得動手做。

「不對，」柏絲在她肩上探頭探腦。「他說要兩朵。」

「妳怎麼知道？」

「我聽到的。他還說不必節省，所以多纏些緞帶在後面。」

「我們的談話內容妳全聽到了嗎？」

「一字不漏，至少我這麼認為。你們還說了什麼不堪入耳的話嗎？」

「當然沒有。」凱嵐激動地說。

「那妳的頭幹嘛低成這樣？」

此刻，凱嵐最後一次檢視鏡中的自己，不得不承認一切搭配得十分美好：黑色絲質洋裝、珍珠首飾，以及那兩朵溫室蘭花。

她就是有這種感覺，彷彿溫室所栽培及保護的一朵花，第一次被推出去面對大自然的考驗。

這種緊張、不安的情緒像小女生般幼稚，她知道，但知道與擺

脫它完全不同。她是已婚婦人，且身為人母，卻像個在修道院長大的古代女人要去見她生平第一個男人。

「太可笑了，」她生氣地自言自語，一把拿起黑色鑲珠晚宴包，並關了燈。「這甚至不是約會。」她再次對自己說，怯生生地舉步下樓。

睿甫站在客廳，手裡抱著亞倫，一邊將他搖上搖下，一邊與梅格及克里夫閒聊。

「……應該在兩星期內完工。」發覺鮑爾夫婦往樓梯瞧時，他髮色濃黑的頭轉過來。

睿甫的注視，使得凱嵐必須完全靠意志力才沒有從樓梯滑下來。她強迫自己從容下樓，但願也能如此有效地控制心跳。

「你好，睿甫。」

「嗨。」

亞倫扯著睿甫的鬍子，他似乎毫無知覺，目光盯在凱嵐身上。她也同樣目不轉睛地看著他。他著實英俊又耀眼。

他穿著近乎黑色的炭灰色西服，雪白的襯衫格外強調出他黝黑的頭髮及膚色。標準款的銀黑雙色條紋領帶繫在別的男人身上會顯得非常普通，但凱嵐發現睿甫絕不普通。他與普通絕對無緣。或許他的特殊之處來自那只永遠戴在臉上的黑眼罩，那只黑眼罩現在看起來已習以為常，成為他臉上的一部分。

「蘭花很漂亮。」

「是啊！」她微喘道，有點靦腆地碰碰胸前的花飾。「謝謝你，你喜歡嗎？」

「妳呢？」

「非常喜歡。」

「好極了。」

「想點話說，妳這傻瓜。」她命令自己。

所幸亞倫拯救了她。他選在這節骨眼出其不意地往前倒，許多小娃娃常如此這般從一雙手臂躍向另一雙手臂，他毫無預警地倒過來，她還來不及伸出雙臂，他已撞到她身上。

不過尚未完全鬆開亞倫的睿甫，放鬆的手臂立即將他抱緊，右臂因此卡在亞倫與凱嵐的胸脯之間。等她慢慢抱好亞倫，他才抽回手臂。隨之而來的是一陣混亂的七嘴八舌，每個人都提高嗓門想蓋過別人的聲音。

「來吧！把孩子給我。」梅格說。

「你們該出發了，可別遲到。」克里夫說。

「妳可以出門了嗎？」睿甫問。

「是的，我應該都弄好了。晚安，亞倫。」

「我們會送亞倫上床，不必急著提早回家。」梅格說。

「開車小心點，你們的時間很充裕。」克里夫對著走道上的他們喊道。

凱嵐暗暗咬牙，所有人都會以為這是她第一次約會。要是她父親要他們在客廳站好，而她母親衝去拿相機，凱嵐一點也不會感到意外。

睿甫從她身邊繞向前開車門。她很高興他沒觸碰她，堅實的手臂滑過她胸前的感覺猶新，彷彿一陣熱流不斷被激起。

在方向盤後坐定，他說：「我知道這不是約會，不過我可不可以說妳看起來真的很美？」

他刻意的幽默，多少讓她感到自在了點，於是看向他。「可以啊！謝謝你。」

「不客氣。」

他伸手將收音機調到輕音樂台。西裝外套的袖子縮上去，露出漿燙而硬挺的襯衫袖口，露出金質底座、方形黑色寶石的袖釦。

他的品味無懈可擊。

「從星期二就沒跟妳聯絡，這星期過的好嗎？」

「挺忙的。」她答道，暗自感激他打開話匣子，因為她似乎已經完全喪失聊天能力。睿甫則談笑自如，不知不覺中他們已抵達目的地。

建德樂鄉村俱樂部才兩年歷史，四周花木景觀仍顯得稀稀落落，但以當地盛產的天然石材所建造的現代化建築主體則可圈可點。高爾夫球場的灑水器在夜色裡瑟瑟作響，睿甫帶著她從連接停車場的步道走向俱樂部大門。

她幾乎，「幾乎」，已經習慣他握住手肘的動作，但沒料到他會先放慢腳步，朝她俯下身來，一張臉幾乎貼到她的頸邊片刻，才又站直。

「這次我真的確定不是花香，而是妳身上的氣味。妳的香味真是好聞。」

「謝謝。」

緊縮的喉嚨困難地說出這幾個字。他是如此高大魁梧、英氣勃

勃，讓她感覺無從抵擋。他的表現文質彬彬，從無不當舉止，但她總覺得備受威脅；不是恐懼，只是威脅。

每次當他對她微笑，一如此刻，她便會想到她和柏絲從前常猜測親吻一個蓄有鬍髭的男人，會是什麼感受？

睿甫的鬍髭頗為濃密，但修剪得十分整齊，幾乎蓋過上唇，但反而強調出下唇的形狀，它們愛撫般地圈住他的嘴角，而鬍髭下的牙齒則顯得雪白而閃亮，整個效果是無比撩人的性感。

凱嵐試圖要自己相信，她對那片鬍子的興趣很尋常，只是少女時代殘留的好奇心。但她今晚的說服力似乎特別薄弱。

他們走進可俯瞰高爾夫球場及游泳池的大房間時，晚宴前的雞尾酒會已經開始。此起彼落的談笑聲幾乎淹沒舞台上角落的小樂團正在演奏的流行歌曲。

「想喝點什麼？」睿甫俯身，雙唇貼近她耳邊，在喧囂中問。

她轉過來，挺起身體，對準他的耳朵答道：「汽水加萊姆片，謝謝。」他點點頭，面帶微笑擠過人群，走向酒吧，留下一縷古龍水味。凱嵐非常喜歡那股潔淨清新、略帶柑橘香的氣味。她不能不注意到肩膀寬闊的他穿著量身剪裁的西裝多麼好看，而且——

「這不是凱嵐嗎？我就跟哈伯說是妳。很高興見到妳出來走走，親愛的。」

「兩位好，貝克先生、貝克太太。」

「家人好嗎？」

「他們很好，謝謝你。」

「兒子呢？」

「亞倫是個典型的幼兒，」她輕聲而笑。「我一個人幾乎應付不了他。」

「凱嵐，妳的飲料。」她轉身從睿甫手中接過那杯汽水，老夫婦臉上驚訝的表情正是她料想且害怕的。

「謝謝，睿甫。我為你介紹，這是哈伯·貝克先生和他的太太；貝克太太是我國一的英文老師，貝克先生經營一家保險公司。這位是睿甫·路爾。」她說，將睿甫介紹給他們。

「路爾，路爾，」貝克先生握著睿甫的手唸唸有辭，「對了，路爾企業！你的招牌到處可見，你是建築業者，對吧？」

「是的，貝克先生，我剛成立自己的公司。」

「你挑中了最佳的創業地點，」貝克說。「建德樂是座沉睡的小城，幾十年來除了軋棉廠，別無他物，但我們正逐漸改變一切。你已在上星期加入建德樂商會，不是嗎？」

「是的，貝克先生。」

「歡迎歡迎，我是委員會的委員。」

交談中，貝克太太的眼睛不住地在兩人之間轉來轉去，彷彿額頭長出雷達探測器般急於蒐集情報。「你們『之前』就認識嗎？」

她所謂的「之前」究竟是什麼時候，凱嵐無法確認，但睿甫已說：「抱歉，那邊有人想見見凱嵐。貝克先生、貝克太太，我們先失陪。」

睿甫禮貌地點頭，凱嵐笑了笑，讓他推著走開。「我知道這讓妳很不自在。」

「什麼？」

「被人看見和我在一起。」

「不是那樣，而是大家的想法讓我很困擾。」她坦承。

「妳認為別人有什麼想法？」

「還不就是那些──『小寡婦出來尋找第二春』、『噢，她太心急了吧！』。至於我爸媽的態度更絕，活像他們得半哄半賣趕緊嫁了大女兒，才能處理剩下的六個女兒。」

睿甫大笑。「沒那麼嚴重吧！」

「沒有嗎？」

「絕對沒有，妳比我敏感許多。」

「如果你逃之夭夭，我不會怪你。」

「但我沒逃，我依然在這裡。」

他強烈的口氣，使得凱嵐越發無法放鬆。為了避免看他，她轉而眺望賓客擁擠的房間。「現在我的感覺是，這些我認識了一輩子的人好像都成了間諜和長舌婦。」

「太介意別人想什麼和背著妳說些什麼，這會浪費妳許多的時間和精力。」

她嘆息。「我知道。不過這種情形對你來說也不會太愉快，你不覺得自己像寡婦的裝飾品，成了眾人注目的焦點嗎？」

他擺出嚴肅的神情。「不必擔心我，我並不在乎別人怎麼想，只希望『妳』坦然自在，這是我唯一在乎的。」

「這不是約會，我們心裡有數，但我希望大家也都知道。」

「除非拿起麥克風大聲宣告我們不是在約會，否則如何讓大家知道？」

可以的，首先他可以不必按著她的背窩。因為他們已擠過人群

來到房間的另一端——但他的手依然紋風不動,堅定而溫暖地抵在她的背部。

接著他們就該多與別人寒暄、閒談,藉此驅散更多謠言。否則像此刻這般,站在映著夕陽的落地窗前,他俯在她的頰邊竊竊私語,任誰見了都會覺得他們一定是在講親密的悄悄話。「感覺上」也是如此。

她稍微移開一些,假裝啜著飲料,其實是有意拉開彼此的距離。睿甫也喝著他的淡威士忌。

「如果我誇獎妳豔光四射,妳會不會覺得好一點?」他問。

她用手指摩挲杯緣。「可能沒有幫助。」

「好吧!那我最好別提妳的衣服實在賞心悅目。」

她抬眼看到他捉狹的微笑,原本硬梆梆的社交笑容因而變得比較真實。「感謝你絕口不提。」

「我們也許該進餐廳了,」他說。「已經有人進去找座位了。」

走向餐廳途中,有對年輕夫妻加入他們。蘭茵與泰德・韓斯剛搬到小城不久,所以不清楚凱嵐的過去,睿甫只介紹她是他的「朋友」。泰德・韓斯夫婦的健談,讓她在享用菲力牛排之際感到相當愉快。

席間睿甫無微不至地關照她,確保她的鹽、胡椒、奶油、剛出爐麵包、開水及咖啡一應俱全,她發覺整個過程非常愉快。她和亞倫吃頓飯總像在戰鬥,不斷進攻與撤退,往往一頓飯結束後,她根本不記得到底吃了沒有,因為她只能在忙著清理潑出來的牛奶和擦拭亞倫東閃西躲的嘴巴空檔中,匆匆吞下幾口食物。

「牛排很合妳的胃口?」在侍者撤走她吃得乾淨到令人不好意

思的餐盤後，睿甫問。

他調侃的口吻使她紅了臉，自嘲地笑起來。「太對味了，主要是我很少可以這麼安靜地享用一餐，和亞倫吃飯可沒這麼輕鬆。我差點忍不住要幫你切牛排，萬一我開始替你鋪好腿上的餐巾，請你千萬不要在意。」

他愣了一下，眨眨眼，粗獷的臉慢慢展開一個笑容。他靠到她身邊說：「凱嵐，要是妳碰我的腿，不管做什麼，要我不在意是不可能的事。」

她幾乎當場羞愧死，恨不得就此暴斃。她整張臉燒紅，指尖和腳趾都因充血而脹痛，這輩子從沒這麼窘迫過。

「我，我是說……」

「我知道妳的意思。」睿甫感受到她的羞窘，捏捏她的手。「還要咖啡嗎？」

之後她沒再說錯話。他們坐回堅硬的椅子上觀看節目。在一段介紹影片後，主講人開始滔滔不絕地頌揚建德樂的種種特色，並介紹德州中北部的概況。

「無聊嗎？」睿甫靠過來低問。

她伸手想遮掩一個小呵欠，但不怎麼成功。「不會啊！演說非常有趣。」

「妳撒謊的技巧真的非常拙劣。」他在她耳邊低語。她笑起來，趕緊低下頭。「想走了嗎？」

「不！」她說，知道今晚對他很重要，他來此的目的就是要交際和亮相。

「我們可以偷偷溜走。」

「不，我在這裡很愉快，真的。」

「是嗎？」

她點點頭。

「肯定？」

她再次點頭。

「妳真可愛，凱嵐。」

她猛抬頭，觸及他強烈到把人吸住的目光。「我說這句話只是要看妳有沒有專心在聽。」

他慢慢移開，靠向椅背。凱嵐吞嚥一下，從他身上收回視線，憂慮地四下張望，擔心被人發現他們在說悄悄話。她瞥見貝克太太充滿期待的臉，忙不迭地轉開目光。

她的視線落在銀行家和他的妻子身上。蘭茵的手放在泰德的腿上，他則悠閒地撫摩她的手背，夫妻間的親密舉動使得凱嵐會心一笑。那種下意識的動作完全出於自然，表現出無比的深情，但事後他們甚至沒有印象。

「以前我和理查也常這樣。」

她的心裡陡然一震。這是她頭一次好幾個小時沒有想到理查，罪惡感深深鑽入她的心底。她是怎麼了？

她開始專心想他，他的臉、他的微笑、他哈哈大笑的模樣，直到主講人終於結束演說。她和睿甫雙雙道過晚安，夾雜在第一批離開的人群中，還沒走到車旁，天開始下雨。

上路後，睿甫問道：「想不想到哪個地方吃個點心？」

「晚宴上不是吃了櫻桃起士蛋糕嗎？」

「嗯。」他停一下又問：「咖啡呢？」

「我想就不用了。」

「去喝杯酒？」

「不用，謝謝你，睿甫，我應該回家了。」

「好的。」

他的語氣頗為失望，但她一定是誤會，以為他勢必跟她一樣很高興今晚總算結束。

他們沒再交談，使得敲打在車頂的陣陣細雨和擋風玻璃雨刷的聲音彷彿更為響亮。

他顯然不習慣用雙手操控方向盤，因為他左手駕車，而右手則動個不停，先是在收音機上瞎摸一陣，調高音量，隨即又轉低音量。

然後他伸手去調溫度控制器。「舒適嗎？」

「可以，很好。」

那隻不安定的手收了回去，但並沒有靜止下來，他開始鬆開領帶，梳弄頭髮，再一次調整收音機的音量，最後總算放下手來。

在座位上。

在他們之間。

凱嵐用眼角瞄著那隻手，彷彿它是個重大的威脅。

要是它朝她伸過來怎麼辦？她該說什麼？

要是它突然抓住她呢？她要尖叫嗎？

要是它握住她的手呢？她該讓它握著嗎？

要是它撫摸她的腿？她是不是要馬上甩開？

她的心怦怦直跳，手心變得又濕又黏。她從未如此高興看到她與父母及兒子相依為命的家。

那隻手並無任何不軌之舉，只是轉動引擎插座上的鑰匙，慢慢停下車來。「坐著別動，」他說。「我拿傘。」他轉身從座位上伸手去拿後方的傘，西裝外套敞開來，凱嵐瞧見他的襯衫繃在肌肉堅實的胸膛上。

他下了車，撐著傘為她開車門，並握住她的手協助她下車。

後來怎會發生那件事，她渾然不知。也許兩人都為了躲雨而擠進傘下，然後不知怎地，「真的不知怎地」，當她站到人行道時，實在靠他太近，連她的衣服都拂過他的身體。

她的頭本能地往後，他的臉逐漸壓近，左手持傘，右手輕輕握住她的頸部。

她先是感覺到他的鬍髭微微刺著她，接著他溫暖且結實的雙唇開始摩擦她的嘴。

「天啊！那感覺真好。」

她立刻退開，並垂下頭。他的手從她的頸間收回去，雖然他幾乎不能算是觸碰她，更別說是使勁抓她，但每一個指印的感覺仍然十分清楚。

雨珠啄著絲質傘面，滑溜溜地滾下來，兩人在那小小的傘下凝視不動，相對無言……但靠得很近。

「對不起，」睿甫過了半晌才開口。「第一次約會不許親吻，是嗎？」

「這不是約會。」

「是啊！糟糕，我老是忘記。」

他帶著她轉向大門，小心地走上人行道。屋外並沒有燈光協助他們安全登上前廊。

睿甫將傘放低，用力甩了甩。

「謝謝你今晚的一切，睿甫。」凱嵐邊說邊移向門口。

「我知道我們已經說好這不是約會。」那把傘落到廊上，以傘把為軸轉了個圈子，慢慢停下來。

「是啊！我們是這麼說的。」

「沒錯，我們說好這不是約會，但是──」

「怎樣？」

「我不是急性子的人，我不希望妳覺得我催促妳做什麼。」

「我沒有啊！」

「但是，」他朝她走近一步，又一步。「如果這是約會……」

「那怎樣？」

「妳願不願意──」

「願不願意怎樣？」

他伸出雙手輕輕捧住她的臉，她不禁閉上眼睛，他的雙唇再度與她接觸，但這回不但停駐不去，還開始施力，偏著角度吻到她張開嘴。他的舌尖大膽地掠進，飛快與她的舌頭碰一下，然後掃過她的口腔，深深地探入，隨即撤出，最後從她的嘴上移開，雙手也垂到身邊。

「晚安，凱嵐。」

「晚安。」

這兩個字是怎麼從她嘴裡擠出來，她根本不清楚。目送他重新拿起雨傘，走向車子，她用機械般的動作打開門鎖，進入屋裡。

她慢吞吞地上樓，每走一步都告訴自己，既然這個約會不是約會，剛才那個吻也不是吻。

但她的另一重人格卻在嚷嚷：「胡說，明明就是個吻，如假包換的吻，柏絲再瘋狂也想像不到這樣的吻。如果妳查字典，『吻』這個字的解釋完完全全就是剛才妳和睿甫嘴對嘴的那種情況。」

她解下胸花，擱在梳妝檯上，漫不經心地將珍珠耳環丟在一堆香水瓶中，通常她都會將它們收藏在絲絨盒裡。那件黑色絲質洋裝也隨意地掛在椅上，她的內衣褲則堆在上面。

她飄然向床舖走去，已經許久未曾這樣一絲不掛。

轉開床頭櫃上的小燈，她看到理查的遺照，眼淚忽然奪眶而出。

6
「該死的蠢蛋。」

他低聲自語，呼出的氣息使得被雨水打得濕冷的窗戶玻璃變得霧氣迷離。背後的房間一片幽暗，他看不見自己在玻璃上的倒影。

他喝一小口酒。「蠢蛋，懦夫，」他嘆口氣，再加一句：「騙子。」

不說出自己是誰，等於每見她一次，就欺騙她一次。他明知這樣不對，但就是提不起勇氣對她說：「我是浪子，記得嗎？妳丈夫在信中告訴妳的那個人。妳說妳最討厭的那一型男人；自吹自擂，

自詡為上天賞賜給女人的禮物，浪子。」她在信中譏笑過他，他活該挨她每一句痛罵，因為她親愛的丈夫死在他的床位上。

睿甫咬牙閉眼，將額頭抵在窗上。他的所作所為都是在操縱和欺騙她，他找不到理由可以原諒自己。

其實也不是沒有理由，但誰會相信？誰會相信他僅僅因為讀了她的信，便愛上一個素未謀面的女人？連他自己都不相信，她更不可能相信。

遲早得讓她知道他是誰，問題是什麼時候？怎麼說出口？她一旦知道，會有什麼反應？

他心煩氣躁地離開佈滿一條條雨絲的窗前，轉過身將加了冰塊的威士忌酒杯重重放在一張俗不可耐的桌上，那是這座附帶家具出租的公寓裡的一部分，他希望他只是暫居於此。

他知道等他告訴她後，她會有什麼反應。她會充滿憤怒、鄙夷及憎恨，那絕對不是他希望在那對茶褐色眼睛裡見到的情緒。

他走進臥室，脫掉衣服。他左半邊身體上迂迴曲折、縱橫交錯的紫紅疤痕都是他活該承受的罪，他自暴自棄地想。他沒在一碰面時便對她表明身分，的確該受到重罰。

但下回碰面時，他會告訴她嗎？

他不願發誓說他會。在黑暗中發下明知做不到的誓言，有何用處？他還不打算告訴她，他要等到……

他獨自躺在床上望著雨絲在窗上潑灑著銀色的紋路，想著她，想著那個吻。

「老天，那個吻。」他呻吟。

她那誘人至極的櫻唇，溫暖、潤澤而滑嫩。他明白強行自制的

她，其實有著蠢蠢欲動的熱情。

你曉得我一向喜歡下雨天。今天就是個下雨天，但卻是那種下得天昏地暗、連綿不止的傾盆大雨，彷彿陽光就此拋下我們一去不回。我不喜歡這種下雨天，它讓我難過。這不是打在小水塘裡的晶瑩雨珠，飛灑在我們身邊的可愛小雨，而是粗重陰沉宛如鎖子甲般，足以將我們撲倒在地的漫天惡雨。

我領悟到一件事：下雨天只宜分享，不能獨嚐。因為與心愛的人一起找地方躲雨是最溫馨的事，但雨天獨嚐孤單滋味，則是最淒涼的。

睿甫想起這封描寫下雨天的信，不禁將手按在身上低聲呻吟。唇上依然留有親吻的餘味，他對著幽暗悄然而語：「如果妳在我身邊，凱嵐，我會和妳一起分享下雨天。我會和妳分享所有的一切。」

「這太離譜了！」

「我不想談這件事，柏絲。」

「因為妳知道自己大錯特錯，根本就是死腦筋。」

「才不是死腦筋，」凱嵐斷然說道。「那是常識。」

她們正在清洗早餐的餐盤。柏絲前所未有地在星期天的一大早就來到她家吃早餐，來意就像裹著那盤吃剩小麵包的保鮮膜一樣透明。她一跨進後門便開始盤問凱嵐和睿甫約會的情形。

「我不相信妳居然不想再和他出去。」

「相信吧！」

「為什麼不？」

「那是我的事。」

「妳是我的死黨，妳的事就是我的事。」

凱嵐將抹布披在架上，轉過身面對柏絲。「別管這麼多，柏絲，妳自己的事還不夠忙嗎？何必管我的事？」她離開廚房，走向樓梯。柏絲緊跟不捨。

「我的愛情生活無須幫忙，妳的則面臨危機。」

凱嵐在樓梯上打住，轉過身來。「誰跟妳談『愛情生活』？我根本沒有愛情生活。」

「我就是這個意思。」

「而且，」凱嵐加重語氣說。「我也不要愛情生活。」

「那好吧！刪除『愛』，插入『性』。我們來討論妳的性生活。」

凱嵐重新舉步上樓。「真噁心。」

柏絲抓住她的手臂拉住她。「噁心？健康的性生活什麼時候開始變噁心了？妳也曾經有過。」

「沒錯，」凱嵐一把將手抽回來。「那是跟我愛的男人，我的丈夫，愛我和尊重我的人。性生活就應該那樣。」淚水刺痛她的眼睛，她衝上剩餘的樓梯，不願被柏絲瞧見她哭了。

爸媽已經出門去教堂，凱嵐準備趕去與他們會合。亞倫已被他們先帶去上主日學。

柏絲進入房間時，凱嵐正脫掉睡袍，從衣櫃裡取出一件洋裝穿上。柏絲往床邊坐下來，態度已溫和了一些。

「理論上應該是那樣，」她同意。「但我們並非都能那麼幸運，小嵐，我們只能把握現有的。」

「我不要。我曾經擁有完美，我不要次級品。」

「拜託，請瞧瞧他！睿甫·路爾是個完美的男人。」

光提他的名字，凱嵐正在戴耳環的雙手便不由得顫抖。經過一夜的飲泣，今天的她十分脆弱。面對床頭櫃上理查的遺照，她有種背叛了亡夫的感覺，她曾發誓要讓他永遠活在心中，但赫然發覺與睿甫相處會危害她保持誓言的決心。

她反駁柏絲的說法。「我怎會知道他是否完美？我認識他才一個星期，對他一無所知。」

「妳知道他很英俊，知道他細心、周到；他開著一部雖然乏味但很牢靠的車，他有雄心壯志，他善待長輩和小孩，他——」

「好了，我懂了。除了英俊，起碼有三十個男人都有相同的特色，但沒一個我想嫁。」

「誰說要嫁人？」柏絲大叫。「我說的是過點開心的日子，出去玩玩，」她以曖昧的眼神瞧凱嵐。「上個床。」

都是那個吻、那個吻、那個吻。那個親密、挑逗而該死的吻。為什麼容許他吻她？為什麼忘不了它？為什麼那個吻如此美好？

「別傻了，」她戰慄地將紙巾塞進手提包。亞倫每回從教堂的嬰兒室出來，雙手總是黏答答的。「我想都不想那種事。」

「騙人。」柏絲說。凱嵐把頭轉開。「妳或許沒有意識到，但一定會想。小嵐，妳不能因為有個人過世，便不讓自己有性生活。妳無法把它當成一雙不再合腳的襪子般丟了就算。那是妳的一部分，妳必須與它和平共處。」

「我有啊!」

「我才不信。」

「為什麼不信?」

「因為妳的耳環不成對。」

凱嵐懷疑地看鏡子。沒錯。她羞愧地更換耳環。「這不能證明什麼。」

柏絲從床上下來,走向凱嵐。「我知道妳深愛理查,我並不是要妳忘了他。」

「我絕不會忘了他。」

「我知道,」柏絲搬出今天早上最和善的口氣。「但他已經過世了,小嵐,而妳還活著。活著並不是罪惡。」

彷彿反駁柏絲般地,凱嵐說:「我上教堂快遲到了。」

柏絲在大門追上她。「妳到底肯不肯?」

「什麼肯不肯?」凱嵐最後一次在客廳的鏡子前查看頭髮。

「再跟他約會?」

「不。討論結束。」

柏絲手指著凱嵐,生氣地瞇眼看她。「妳明明很開心,」她指責道。「可惡,「我知道妳很開心」。」

過分開心了,凱嵐心想。「我是還他人情,現在扯平了。何況,」她推開紗門時補上一句:「他可能根本不想再邀我出去。」

他想,就在星期四這天。在花店的電話響起之前,她一直沒再見到他或接到他的任何消息。此刻由於柏絲正忙著招呼客人,凱嵐

便接了電話。

「花瓣滿天飛。」

「凱嵐嗎？嗨。」

「你好。」

「我是睿甫。」

好像他還必須自我介紹，其實她早就認出他的聲音，而那令她渾身一陣酥軟。

「你好嗎？」她希望自己的聲音不要一副喘不過氣來的感覺。

「我很好。妳呢？」

「很好啊！也很忙，這星期幾乎連思考的時間都沒有，日子就飛也似的過去了。」她不希望他以為她一直守在電話旁等他來電，但究竟為何玩這種追求時期的遊戲，她自己也不明白。

「亞倫好嗎？」

「暴躁不安，可能正在長牙。」

一陣低沉、渾厚的笑聲充滿了她的耳際，之後他說：「那他絕對有權利暴躁不安。」

她神經質地纏著電話線。她該為上週六晚上的宴會再向他道謝嗎？不，那會讓他又想到他們的約會。以及那個吻。

「我打電話來是因為……」

「什麼事？」

「我知道事情有點匆促，不過韓斯夫婦……妳還記得泰德和蘭茵吧？」

「記得啊！」

「是這樣，他們邀我明天晚上到他們家烤肉。妳願意跟我一起去嗎？」

「不方便吧？」

「這是蘭茵的提議，」睿甫趕忙道。「我是說，她問我是否攜伴同去，我提及妳的名字，她非常高興。妳們似乎很談得來。」

「還不錯，我很喜歡她，但星期五晚上有困難，亞倫——」

「他也在受邀之列。蘭茵說他們家有個玩水的池子，到時孩子們——他們有兩個孩子，妳知道——可以一起在池子裡玩。」他又笑了，凱嵐發現她越來越喜歡那低沉又飽滿的笑聲。「我們都曉得亞倫看到水就樂歪了。」

「我不知道，睿甫。」

「拜託嘛！」

凱嵐咬住下巴內側，猶豫不決。她該接受嗎？不行，因為她不希望給他錯誤觀念，但話說回來，帶著孩子同行的約會，又怎麼可能產生誤會？這個邀約怎麼聽都不像會是個浪漫之夜，況且拒絕韓斯家的邀請好像有點失禮？她真的很喜歡這對友善的夫妻。再說大家都恨不得與銀行家攀交情，她既然開店做生意，跟韓斯家結個因緣，未來可能大有幫助。哪天她和柏絲會希望拓展生意，需要貸款也說不定。

老天，她想騙誰啊？

她想去的真正原因，無非是想證明上週六晚上，尤其是那個吻，並無多大意義。至於睿甫本身則因為初來乍到，對當地不熟，所以希望她作陪。最多就是這樣。

那個吻會給她如此誇張而激情的印象，全要責怪柏絲最近拉她去看了一部人肉、汗水與喘息糾纏不清的電影。也要責怪自己，因

為她已幾乎整整兩年沒嚐過男人的親吻。

既然此事了無意義，那又何必大驚小怪？何不大大方方地接受韓斯家的邀請？

「好吧！聽來滿有趣的，睿甫，謝謝你邀請我……呃，是邀請我跟亞倫。我們很高興去，幾點鐘？」

「已經七點整了。」

「其實數字鐘是六點五十八分，不過我們可以出發了。」

凱嵐移到一旁，讓睿甫從大門進來。自上回見面至今，她幾乎忘了他有多高大，或只是因為他肌肉結實才顯得這麼壯碩？白色馬球衫短袖下清楚可見隆起的二頭肌，若是柏絲在這裡，肯定會對小麥色休閒褲下的臀部讚賞有加。

「妳爸媽在家嗎？」

「不在，他們要我向你問好。星期五晚上他們通常會跟朋友相聚，釣釣鯰魚、玩玩骨牌。每家輪流主辦。」

「是這個原因讓妳不敢答應我今晚的邀約嗎？」

這是原因之一，凱嵐心想，最微不足道的一個。「是啊！保母不好找，年紀夠大而靠得住的女孩滿腦子想的都是男生。」

「妳當年也是？」

「想男生？那當然，」她將頭髮甩向肩後，輕聲而笑。他喜歡她柔軟的秀髮在肩膀甩動的模樣。「有個柏絲那樣的好友，我別無選擇。整個高中時代，我們幾乎是沒命地為男生瘋狂。」

「我倒看得出來妳們沒命地做日光浴。」

　　因為她身上這件白色洋裝暴露出曬後的肌膚。她原本不太敢穿，因為除了兩條網狀肩帶，她的肩膀及背部幾乎整片裸露。方才淋浴後，她在麥色肌膚拍上乳液，增添一層古銅色般的溫潤光澤，肩膀還撲上會閃亮的身體粉，最後才在鼻子和雙頰淡淡撲了層蜜粉。配上陽光般的髮色，她看來宛如明亮而耀眼的夏天。

　　「我每天下午回家時，太陽都還很大，」她被睿甫那在她身上漫遊的綠色目光看得忸怩不安。「可以曬半小時左右。」

　　「曬得非常漂亮。」他的嗓音有點沙啞，好像之前快要吻她時那樣。

　　她趕緊走開。「亞倫在樓上。」

　　「我幫妳去抱他下來。」

　　「別麻煩了。」

　　「人多好辦事，」他邊說邊隨她上樓。「我甚至覺得兩個人四隻手照顧亞倫，可能都還不夠。」

　　他們走進育嬰室，亞倫站在嬰兒車裡，一見睿甫便翹起食指，靠住欄杆扭上扭下，發出只有他自己明白的聲音。

　　「我覺得他認識我，」睿甫開心地說，將他抱起來，高高舉在頭上搖來搖去。「嗨，童子軍，這星期有沒有為非作歹？啃了更多康乃馨？」

　　就在他將亞倫舉到頭上的當兒，凱嵐看見他左臂的疤痕，彎彎曲曲地從腕部繞過手肘，沒入衣袖。睿甫不知對她說什麼，笑著轉過身來，發現她正在看他的手臂。

　　他的神情立刻轉為嚴肅。「我說過它很嚇人。」

　　她揚起目光看他。「你一定吃了不少苦頭。」

他聳聳肩。「還好。可以走了嗎？」

他抱著亞倫，她則將一只菱格大皮包揹在肩上，引得他驚疑地直瞧它。「我知道，我一副搬家的樣子，」她笑著說。「不過我已學會做好充分準備，蘭茵肯定能夠瞭解。」

他幫她鎖好門窗。「我們得到妳車上把亞倫的兒童座椅拿到我的車上。」他們步下前廊時，睿甫說。

「韓斯家有多遠？他可以坐在我腿上。」

「不好，我們應該守規矩。」

「那你可以讓一步，開我的車嗎？」

「妳會讓我開車嗎？」

她對他微笑，將車鑰匙放進他空出來的那隻手中。「新屋進度如何？」她問，此時亞倫已在兒童座椅上，他們駛向燈光朦朧的街道。

有雙長腿的睿甫，必須將前座往後推，才能坐進車裡。一如先前開車的習慣，他悠閒地將左腕擱在方向盤上，但這次右臂橫到前座的椅背，手指離她的左肩很近，但沒有觸及。

「非常順利。妳那個廚房用餐區的想法非常好，連建築師都很喜歡，但他很氣自己沒有先想到。」

「那裡的景觀很美，不充分利用那片蒼翠的樹林太可惜。」

「這就是我看中那個地點的理由。」

「……連一棵樹都看不到的房子太乏味。我情願住在像電影《海角一樂園》那種樹屋，也不願住在四面光禿且只有混凝土的大房子。」

　　泰德與蘭茵都很親切，大費周章地歡迎凱嵐和亞倫，將他們帶入熱鬧、歡樂但有點混亂的家裡。倒不是說他們家乏善可陳，剛好相反，屋裡的布置極為雅緻、大方，在請蘭茵帶她參觀之後，凱嵐甚至有些嫉妒。

　　夫妻倆育有兩名子女，都和他們同樣俊俏及可愛。七歲的大女兒擺出大姊的派頭，接下照顧亞倫並逗他開心的任務。兩個男人在院子負責烤肉，蘭茵則讓凱嵐在廚房裡幫她料理其他食物。

　　「睿甫跟我說妳先生已經過世。」

　　凱嵐正在撕捲心萵苣的雙手停了停。睿甫與別人談論她的事？蘭茵顯然察覺到她的靜止。「我不是在說長道短，凱嵐，睿甫也沒有。是我主動問起，他才告訴我的，但他並沒有說仔細。如果妳覺得不自在，我們就聊別的事。」

　　睿甫無法說仔細，因為他根本不知道理查的死因。奇怪的是，他也從來沒問過。她看向蘭茵。「理查在亞倫出生的第二天過世。」

　　「我的天，」蘭茵放下剛從冰箱取出的馬鈴薯沙拉。「怎麼會發生這種事？」

　　凱嵐道出事故始末。「事情發生還不到兩年。」

　　蘭茵眺望庭院，男人喝著啤酒，一邊烤肉一邊看顧在小水池裡戲水的孩子。她見到亞倫彎腰把頭埋入水中，顯然一下鑽太深，他抬起頭來，劈哩啪啦地猛吐水，睿甫立刻跪到池邊，拿毛巾幫他擦臉，並拍打他的背部。「睿甫和亞倫似乎很親近。妳什麼時候開始跟他交往的？」

　　「一、兩個星期之前，我們只是朋友。妳要用哪種沙拉醬？」凱嵐轉過身來，發現蘭茵用一種別有意味的笑容看著她。「怎麼

了？」

蘭茵笑起來。「假如泰德說睿甫的那些事都是真的，妳最好小心點。」

「為什麼？泰德說什麼？」

「他說睿甫很有野心，勇氣過人，投資作風大膽，到目前為止每一出手都很有斬獲。換句話說，他是那種想要什麼就能得到什麼的男人。」她對凱嵐慧黠地一笑。「假如晚宴那天他對妳的殷勤舉動是種徵兆，我敢說他是在追求妳。妳若不想被捕獲，最好快跑。」她從冰箱拿出兩罐啤酒，一罐遞給凱嵐。「我們出去吧！他們應該會想再喝一罐。」

睿甫已將亞倫從池裡抱出來，蹲著將他拉到膝間，用毛巾俐落地把他擦乾，動作之稀鬆平常，彷彿那是每天的例行公事。凱嵐打開啤酒遞給他。

「我可以接手了。」

睿甫抬起頭，帶著那種令人心跳為之停止的微笑看她。他喝口啤酒，舔去鬍鬚上的泡沫。「我們過得很好，不過還是謝謝妳送啤酒來。」

「不客氣。」她慌張地轉身，恰巧看到泰德從妻子手中接過啤酒，他說：「謝了，甜心。」拍拍她的臀部，又開玩笑地擰一把才放手。蘭茵彎身在泰德逐漸稀疏的髮頂親了一下。

凱嵐覺得一股前所未有的孤單將她包圍。

「屋裡暗暗的。」睿甫將凱嵐的車開進車道時說。

「爸媽大概還沒回來。」他們這麼晚還沒回來很奇怪，以往骨

108

牌聚會都不超過十一點，而此時已近午夜了。她強烈懷疑他們是刻意晚歸。

「我和泰德應該再向妳和蘭茵挑戰一回。」

「男人玩猜字遊戲一向贏不過女人。」

「為什麼？」

「女人的直覺比較靈敏。」

「那我現在的直覺是亞倫快壓垮妳的肩膀了。」

「這次你的直覺正確無誤。」

亞倫在韓斯家客廳的沙發上睡著，要是被吵醒一定會大發脾氣，為了避免驚天動地的哭鬧，睿甫違反自己的安全守則，讓凱嵐將他抱在腿上。

睿甫下車，繞過來協助凱嵐。「大門鑰匙在妳的皮包裡嗎？」

「側邊皮夾。」

走到大門，他也剛好搜出鑰匙。他手裡抓著鑰匙、她的手提包及那只沉重的媽媽包，好不容易開了鎖，推開門。

「謝謝你，睿甫，今晚很愉快。」

「我送妳進去，我不會讓妳和亞倫三更半夜獨自進入空蕩蕩的屋子。」

他說得理直氣壯，令她無從反駁，但是跟在他身後走過漆黑的屋子上樓，卻讓凱嵐不大自在。凱嵐進入亞倫的房間時，他已先行打開五斗櫃上的小檯燈，她把沉睡中的孩子放在嬰兒床上。

「妳能幫他脫衣服而不吵醒他嗎？」

「就讓他穿著襯衫睡吧！要是他這時候醒過來，會以為早餐時

間已經到了。」

睿甫低聲笑著將媽媽包放在床邊的搖椅上，入神地看著她以靈巧的雙手迅速脫下亞倫的鞋襪。

她沒有吵醒孩子，脫掉他的短褲後很自然地就要去撕紙尿片的膠帶，但倏然間停住。

她強烈地感受到站在身邊的男人。房間彷彿一下縮小，無法容納嬰兒床邊的兩個大人，空氣也變得又濁又熱，幾近窒悶，整座屋子似乎更安靜。

這實在荒唐可笑。亞倫是個不解人事的幼兒，但佇立在她身旁的卻是個世故的成熟男性，當著他的面幫亞倫換尿片讓她覺得尷尬。一起看著一個光溜溜的小男孩，應該是極為親密的事，一種凱嵐目前還不願涉及的親密。

他顯然發覺她敏捷的動作忽然變得笨拙而遲鈍，因此大聲清清嗓門，轉過身去。

她用有生以來最快的速度為亞倫換好尿片，他奇蹟似地沒有醒來。她為他蓋上薄毯並熄燈，轉身看到睿甫站在育嬰室的門口。

「都弄好了？」

「是的。他今晚樂翻了，我也許該為他弄個水池。」

她率先下樓，胸口莫名其妙地感到緊繃，胃部也在攪動。她真想高聲說話，以免被屋裡的沉默悶死。

有一級樓梯被睿甫踩出聲音，他輕聲笑起來，壓低聲音說：「妳家有一級會叫的樓梯。」

「應該是好幾級。」她嘆口氣，想起一個念念不忘的問題。「我爸媽一直夢想爸爸退休後，就賣掉這棟房子，買部一應俱全的

汽車房屋，從此到處旅行。」

「那為什麼沒有呢？」

「因為理查罹難，」睿甫雖沒作聲，但凱嵐感覺他下樓梯的腳步頓了頓。「我再度成為他們的負擔。」

「我相信他們不是這麼想的。」

「但我這麼想。」他停下來，她也停下來，轉身面對他。他站在高她兩級的樓梯上。

「他們現在為什麼不賣房子？」

「一來他們不希望我和亞倫自己住，二來這一帶的房價沒有從前那麼好，除非社區重劃，否則恐怕賣不到好價錢。」

「妳很介意這件事，是不是？妳不希望成為他們的負擔。」

她悲傷地一笑。「我只是很難過他們為了我而無法實現他們自己的夢想。」

兩人彼此相望，寂靜得如同舞台上的布幕籠罩下來。雖然睿甫已開啟客廳的燈，但屋裡其他地方仍然很幽暗。

他的臉有半邊在亮光下，右側的那邊。雖然沒有接觸，她依然感覺得到他的身體繃得很緊，波浪般的黑髮在臉上投下一片陰影。結實、黝黑而專注，宛如哥德小說裡陰鬱的男主角。他的姿態毫不暴力，但危險依然不減。他在亮處的右側尚且如此，那隱於陰暗下傷殘的左側，該是多麼駭人？

他讓她顫抖。

「我送你出去。」她快要無法呼吸，匆忙說完即轉身。

才往下一步，她已感覺到他的手指伸進她的頭髮裡面，張開並將她捕獲。她發出嗚咽聲，但無法制止自己。拳頭抓緊她的頭髮，纏了一圈、抓得更牢，然後一寸寸使力地將她的頭輕輕拉回去、拉回去，直到她在樓梯上轉過身去。

他用另一隻手臂將她往上提的同時，他的頭也俯了下來。他的嘴重重地、不容分說地印到她的唇上。他並沒有走下樓梯與她站在同一級，而是將她拉上去貼在他身上。

她想推開他，但他的胸膛有如石壁般毫不退讓。她的心狂跳，轟然在腦中迴響，或者那是他的心跳聲？她什麼都不知道，只知他的鬍髭扎著她，他的嘴用力壓在她嘴上。

當他生氣地抬起頭時，她喘息道：「不，睿甫，拜託你。」

「張開嘴。」

「不。」

「吻我。」

「我不能。」

「可以，妳可以。」

「不，求求你。」

「妳在害怕什麼？」

「我不害怕。」

「那就吻我，妳知道妳想吻我。」

他再一次吻住她，這次不再忍受抵抗，他張開雙唇，偏頭廝磨，而她的雙唇，終於向一股遠超過她的意志的力量屈服，開始反應。此時他伸出舌頭，像之前那樣搜索並尋獲她的舌頭，開始徹底地親吻她，直到兩人都無法呼吸而不得不分開。

他張開的嘴熱呼呼地貼在她喉嚨的凹處。

「不，不。」她說，幾乎認不出那急促的聲音。

「我不敢相信我正在吻妳。」

「求求你不要。」

「而且妳也吻了我。」

「沒有，我沒有。」

「噢，妳有，親愛的。」

他的嘴摩過她的喉部，輕吻淺啄，然後停在敏感的部位熱切吸吮。「妳的皮膚，天啊！妳的皮膚。」他的手不住地愛撫她裸露的背部，手指穿入洋裝的肩帶裡，將她按壓在身上。有個硬物抵住她的腹部，她告訴自己那是他的皮帶扣環。

但她緊緊貼住他，彷彿此時此刻他是世上僅存的人。她甚至忘了他們怎會在這裡，只知她的十指插在他濃密的髮叢中，她的嘴再度放浪地接受他的吻。

「妳有可能想要我嗎？」

「睿甫。」

「因為我想要妳。」

她一驚，從他燙熱的吻中扯開嘴。「不，絕對不要想──」

他用雙手捧住她的臉。「我要的不只是性，凱嵐，而是比性更多。我知道事出突然，但我已經愛上妳。」

阿拉巴馬州，杭斯維爾

　　他們買了一棟新房子慶祝結婚五週年，喬遷之日，屋裡一團亂，箱子堆得到處都是。

　　「我們怎會累積了這麼多廢物？閣樓清理好了沒？」

　　會計師妻子沒聽到回答，轉頭去看丈夫在做什麼。他正在看一疊照片，仔細地檢視每一張。「那是什麼，甜心？」

　　「什麼？喔，是我在開羅拍的一些照片。」

　　她打著哆嗦走過去，雙臂自身後圈住他的肩膀，從他的肩上看那些照片。「每次想到差點失去你，我就會發抖。你休假幾天就發生恐怖攻擊事件？」

　　「三天。」他陰鬱地答道。

　　「跟你一起拍照的是誰？」她看著他此刻拿在手中的照片輕聲問。她知道他經常想起與他一起派駐於大使館的軍中同袍，尤其是罹難的弟兄。

　　「左邊是已故的理查·史楚德。」

　　「已故？」

　　「他沒能逃過那次爆炸。」

　　「另一個呢？」

　　她丈夫微笑。「這個英俊的傢伙是睿甫‧路爾，哈佛高材生，出身費城著名的法律世家，不過他是個叛逆小子，我們都叫他浪子。」

　　她笑起來。「你不必說我也看得出這個綽號怎麼來的。」

　　「他有一群連土耳其蘇丹都會嫉妒的後宮佳麗。」

　　「他有活下來嗎？」

　　「他獲救了，只是傷勢非常非常嚴重，我也不清楚他有沒有活下來。」

　　「你想留著這些照片？」

　　「應該吧！」

　　「理查‧史楚德結婚了沒有？」

　　「結婚了。怎樣？」

　　「如果這張照片對你不是那麼重要，何不寄給他的遺孀？說不定她會喜歡。你們每個人都笑嘻嘻的，好像很開心。」

　　「因為浪子剛講了一個他最拿手的黃色笑話。」他仰頭親吻她。「好主意，如果查得出理查‧史楚德太太的住址，我就把照片寄給她。」

　　他將照片放進準備搬到新家的紀念品盒裡。

「突然？」

突然？他是這麼說的嗎？「我知道事出突然，但我已經愛上妳。」突然二字根本不足以描述那句話所造成的地動天搖的感受。隔天早上凱嵐回想當時的情境，依然無法相信他說了那句話。

幸好老天爺讓她的爸媽恰好在那一刻走進大門。被睿甫的一句話嚇得目瞪口呆、幾近麻痺的凱嵐，費盡力氣才開口告訴父母，他們也剛到家，剛送亞倫上床，而且沒有、他們並沒有打斷任何事。

睿甫禮貌地向她的父母問好，但綠色的獨眼始終看著她。它的威力足以彌補失明的另一隻。她盡最大可能迴避他的目光，趕緊在父母上樓留下她與睿甫獨處之前，把他送出大門，並草草說了聲再見。即使她幾乎是把大門當著他的臉關上，他仍舊凝視著她。她在那時發誓再也不跟他見面。

此時在光天化日下，昨夜的記憶依然在腦中熊熊燃燒，她再次對自己發誓：「我不能，也不要再跟他見面。」

然而天不從人願，早餐時間他就打電話來了。

「凱嵐，」她一接電話，他便說道，「抱歉這麼早就打電話給妳，但我必須跟妳談談。昨晚——」

「我現在無法講電話，睿甫，我正在餵亞倫吃早餐，他把早餐弄得亂七八糟。」

「你們中午可以跟我吃個飯嗎？妳和亞倫？」

「謝謝你，但我們不行，今天我要和爸爸油漆舊鞦韆。」

「什麼時候？我可以去幫忙。」

「不不，不要來，」她急忙道。「我不確定我們什麼時候要油漆，我不能耽誤你一整天。」

「無所謂，我想要——」

「我得去忙了，睿甫，再見。」

但他還是在黃昏趕了過來，她假裝頭痛，連下樓打招呼都省了。睿甫告辭後，爸媽對她露出不以為然的表情，但沒說什麼。

柏絲則毫不客氣地責罵她，凱嵐不予理會，只嘟囔數聲。到了週末她已變得理直氣壯。兩個好朋友在花店一個空檔裡開始吵架。「那傢伙連續五天，每天都打了十幾通電話來找妳。」

「那是他的問題。」

「那也是我的問題，我已經掰不出妳不能接電話的理由。」

「運用想像力，柏絲，相信妳一定創造得出其他理由，『假如』他又打電話來。」

「他會的，他不像妳這麼懦弱。」

凱嵐轉向她。「我才不懦弱。」

「是嗎？那妳幹嘛大費周章地逃避？他做了什麼事，企圖牽妳的小手？」

「用不著諷刺我。」

「想不想知道我的想法？」

「不想。」

「我認為事情不只牽牽小手而已。」

凱嵐轉過身去，不讓柏絲瞧見她發紅的臉頰。「我就說妳這人想像力豐富。」

「否則妳不會這樣瘋狂逃命。睿甫若沒有碰觸到重點，妳對他想見妳的企圖頂多一笑置之。」

「沒什麼好笑的。」

「我認為事情相當嚴重。」

「才沒有！」

就在此時，她們爭論的對象走進氣氛已夠緊張的現場。睿甫在清脆悅耳的鈴聲中走了進來，兩個女人不約而同地轉頭看他，但他只看著一個人：原本紅著臉但血色頓失的那一個，神經質地舔著下唇，並用雙臂抱住腰際以免四分五裂的那一個。

「失陪，」柏絲說，唸唸有辭地說著「山不來就我，我即就山。」的話穿過百葉門到後面的房間。

凱嵐只管盯著她和睿甫之間的地板。說不定他只是來訂花，說不定他只是來聊天氣，說不定他是為了其他任何原因上門，絕不是

她最怕的那一個。

他開門見山，讓她的希望在瞬間破滅。

「妳為什麼躲著我？」

好吧！他想來硬的，她就讓他瞧點顏色。她傲然揚起頭，直視他的目光。「你想呢？」

「因為我上星期五晚上說的話？」

「猜得很準。」

「我那樣說讓妳生氣？」

「那種隨便、到處說『愛』的方式，讓人生氣。」

「我沒有隨便、到處說，我是認真的。」

「很難相信。」

「為什麼？」

她激動地瞪著他。「『為什麼？』因為你在說你愛我之前，我們總共才見過四次面。」

「妳在算次數？」他揶揄地問，偷偷一笑，彎彎的鬍髭下露出閃亮且潔白的牙齒。

「那是因為你說的話太過誇張與荒唐。」該死的微笑、該死的鬍髭，還有一見他笑就像抽筋般該死的胃。

「有時事情就是如此。」

「對我而言，不可能。」

「對我就是如此。我愛上妳了，凱嵐。」

她轉身背對他，僵硬的雙臂放在櫃檯上撐住自己。「請不要再

那樣說。」

他移到她身後，雙手還未搭上她的肩時，她已感覺到他的接近。他的體溫有如清晨投射在沙灘的陽光，緩緩爬上她的背部。

「妳在害怕什麼，凱嵐？」

「我沒有害怕什麼。」

「怕我嗎？」

「不是。」

「怕妳自己的感覺？」

「我沒有什麼感覺。」

「妳有。」他將她的頭髮撥到旁邊，用手指從她後頸一側劃到另一側。「妳回吻了我。」

她垂下頭，下巴幾乎碰到胸口。「那沒有任何意義。」

「沒有嗎？」

「我只是太久沒有親吻了。」

「親吻的感覺非常美好吧？」

「是的……不……拜託，我無法跟你談這些。」

「我覺得親吻的感覺非常美好，凱嵐。非常的好，而且感覺很對。」

她轉身面對他，身體嵌在他和櫃檯之間。「那是不對的，睿甫。」她加重語氣說。

「告訴我為什麼。」

「因為我愛我丈夫。」

「但他已經過世了！」

「在我心中，他還活著！」她忿然叫道，一手按在心口上。「他活在我心中，我要讓他永遠活著。」

「這太瘋狂了，而且有違自然。」

「那與你無關，路爾先生！」

她推開他，走到一旁，再度轉過來看他時，胸口劇烈起伏，呼吸也很困難。「我並沒有誤導你什麼，我從頭到尾都說得很清楚。我們認識的第二天我就對你說，我無意追求感情，我已有過最美好的感情，那是一生一世的愛，沒有任何感情能夠超越它，我也不可能勉強接受不那麼完美的感情。」

她無奈地用手背擦拭眼淚。「雖然我說的很清楚，但你還是要來找我。我很遺憾你幻想自己愛上了我，但你必須盡早醒悟。我不想再見到你，睿甫，請不要再來打擾我們。」

他憤怒地繃緊下顎，那裡的肌肉微微抽搐，鬍鬚下的嘴唇抿成薄薄的一條線，雙手握成拳頭，壓在腿旁。凱嵐不知他是想揍她還是想吻她，也不知哪一樣比較可怕。

最後，他腳跟一旋，轉頭步出大門，任由大門砰然摔上，門上的鈴噹因此猛烈響動。

凱嵐靠著櫃檯癱軟下來，直到此刻才發覺這樣的對峙多消耗體力，她身上的每一道肌肉都像廚房的抹布被擰絞過般痠疼，眉心之間也在劇烈作痛。

好不容易恢復一些冷靜，她站直起來，轉身見到柏絲站在門口，雙臂交抱，臉色難看。

「一個字都不要說。」凱嵐警告，那不是在開玩笑。

「我才不想說什麼，」柏絲輕快地說，「該說的妳都說了，而且說得非常精彩。別的男人八成會夾著尾巴落荒而逃，但路爾先生不會，絕對不會。」

「可惡！」

睿甫把小貨車從馬路開到碎石路肩，懲罰似地猛踩煞車，輪胎下碎石噴濺，濃濃的灰塵吞沒小貨車，直到它完全停下。他將換檔桿推到停車的位置，雙臂交疊在方向盤上，額頭抵在手上。

「真是的，不然你以為會怎樣？」

難道他真以為可以輕輕鬆鬆闖入她的生活，不花時間也不費力氣，她便會投入他的懷中？上他的床？

沒錯，現在他承認潛意識裡他確實這樣想。因為在喬治·路爾的獨生子眼中，人生始終是一帆風順的。

他有運動細胞，領導能力出眾，學業成績優異，人緣好，女人緣更好。

對睿甫來說，人生宛如一場用銀盤不斷呈上佳餚的盛筵，他甚至成功地扭轉了父親為他規劃的生涯，做了他一直想做的事。除了開羅那場嚴重的挫敗，他的人生可說是像魔法般，要一不會得到二。即使遭遇橫逆，幸運之神也從未真的遺棄他，例如爆炸造成傷殘，甚至原可讓他完全癱瘓，但它依然沒有得逞。

睿甫抬起頭，將下巴撐在手上，從滿佈灰塵的擋風玻璃望出去。四面八方都是一望無際的德州北部大平原，鐵刺圍籬無休無止地向遠方迤邐而去。

那就是他人生的方向嗎？等於毫無方向？

　　凱嵐的拒絕，有如一顆難以下嚥的苦藥。在他的五臟六腑裡所感覺到的椎心空虛，是否只是一生嚐盡甜頭的男人首遭挫敗後的反應？他是否真的將得不到有生以來最重要的東西？老天是否正在嘲弄和恥笑他的無能為力？即使他終於想做一件光榮的事，卻不讓他完成？

　　然而不只如此。他對凱嵐的行為，跟光榮與道義幾乎無關。

　　而是他真的愛上了這個女人。

　　她所代表的不再只是書寫於信箋上那些字句，那些填補孤寂、緩解他的痛苦、在情況黯淡無光之時給他安定力量的內容。

　　她是活生生的人，是一個聲音，一股香味，和一朵笑靨。

　　「而且依舊深愛她的丈夫。」他沉重地提醒自己。

　　理查‧史楚德在世是個了不起的人，死後是個了不起的鬼。鬼魂向來有本事讓它比在世為人時更加了不起。人們總是遺忘已故之人的種種缺點，只記得他們的優點。

　　但理查不是他的敵人，他不能對他有所不敬。也許他應該放棄整個瘋狂的計畫，畢竟凱嵐依然愛著丈夫遺留的記憶。她已簡單而清楚地表達了她的感受。

　　「趁還佔上風的時候罷手吧！年輕人。她不要你。」

　　但此時他想起她熱情的吻，她甜美的笑容，她秀髮的香氣，她皮膚的觸感，他知道他不能就此放棄。

　　「還早呢！」他發動小貨車引擎，退回鄉間道路，每一個堅定的動作都顯示出他的決心。

　　他會給她時間、空間及喘息的餘地。她有權利得到這些。

　　與此同時，他會十分忙碌。事情本來就很多。當夜裡躺在床

上，他的身體渴求著只有她能給予的滿足時，他會以閱讀她的信來抒解需要。深宵看信，那種感受就彷彿她在對他輕聲細語，吐露內心最深奧的秘密。

「那是什麼，爸？」凱嵐走進廚房時問。

「呃，沒什麼，」克里夫很快答道，並收攏散佈在桌上的文件。

「一定有。」她明顯留意到父親匆忙收拾文件不讓她看見的舉動，還有爸媽偷偷地交換眼神。他們心虛的表情與亞倫將她最喜愛的長春藤連根拔起時一模一樣。

雙手插在腰上，她說：「好了，兩位，坦白招供。什麼事？」

「坐下來喝杯冷飲吧！親愛的。」梅格提議道。

「我不要喝冷飲，我要知道你們拚命在隱藏什麼事？」

克里夫嘆口氣。「我們也許該告訴她，梅格。」

凱嵐在餐桌旁父親對面的椅子坐下，雙臂疊放在桌巾上。

「市議會提出將這個街區重劃為商業區的申請案，我和妳母親反對，但其他住戶都同意，所以昨晚議會投票通過了。」

凱嵐凝神思考，一時之間只想到此事對父母的未來至為重要。「你們為什麼要反對？劃為商業區不是能夠提高房價嗎？」

「呃，是的，但我們不想離開這裡。」梅格說。「他們並沒有催促我們，我們還有一段時間，不過……」

「你們不想離開是因為我和亞倫，」凱嵐輕聲說，豁然明白雙親不想讓她知道的原因。「我們會想辦法的，我一直這樣告訴你們。」

「我們知道，但我們一直不希望妳還住在家裡的時候賣掉房子。」

「但看來市議會已經拿走了決定權。我很高興，這一直是你們的願望：賣掉老屋，買一部汽車房屋到處旅遊。」

「可是妳和亞倫——」

「我已經是成年人了，媽，而亞倫是個適應力很強的孩子，我們會為自己打理一個家。這樣對我們雙方都好。」

「可是理查過世時，我們答應絕不丟下妳一個人。」克里夫爭論道。

凱嵐握住他的手。「爸，我非常感謝您的關懷，您一直這麼好，但您和媽媽有自己的人生，你們不該為了我而耽誤你們一起打拼得來的好生活。」她低頭看那些文件。「已經有人出價要買房子了，是不是？」

「呃，是的，」梅格終於承認。「但我們有十八個月的搬遷寬限期，不一定要接受第一個出價的對象。」

「但誰知道十八個月會發生什麼變化？」凱嵐說。「這種機會不是天天都有，如果這是好價錢，就該接受。」

「不，」梅格固執地搖頭。「我們答應過不會拋下妳。」

「可是媽——」

「在妳和亞倫有個地方安定下來之前，我們不考慮賣房子。就這樣，小姐。」梅格站起來，討論到此為止。「妳到底喝不喝冷飲？」

數小時後，凱嵐躺在床上，望著月光投射在天花板形成的光影變化。

她很憂慮父母執意不賣房子。房子若能賣到好價錢，可以確保他們餘生的經濟無虞，她不願他們拖到年老力衰，再也無法享受退休人生。

　　他們是為了她才猶豫不決，不願把握機會，難道他們不知道他們的犧牲讓她的良心多麼不安？就因為理查罹難，他們延宕圓夢的計畫已將近兩年。她承認到時她會想念他們，而眼見老家為了興建辦公大樓和汽車加油站被夷為平地，也難免傷感，然而成長總是伴隨著痛楚而來。

　　單飛的時機已到。無論父母賣不賣房子，這難道不是她為自己和亞倫打理一個家的機會？但如何說服他們是一大問題。

　　她疲倦地一嘆，強迫自己閉上眼睛。

　　有個現象又發生了。

　　睿甫‧路爾的影像浮現在眼前。他的影子夜夜折騰她好幾個小時，等她好不容易精疲力盡地睡去，他又出現在夢中糾纏她。這種情況彷彿他在某種她無法理解的靈魂層面與她聯繫。對他始終無法釋懷，讓她既懊惱又害怕。

　　距離他們在花店攤牌已經一個多月。她真希望能忘掉他當時的怒顏，甚至更希望忘掉上星期與他不期而遇時的模樣。

　　那天天氣正熱，她和柏絲送一批花到市區。那批花多到得動用她們兩人一起送貨，所以克里夫自告奮勇來幫她們看店。

　　「看那兒。」柏絲說。

　　「什麼？」凱嵐被滲水的菊花盆栽弄濕了手，正忙著甩乾。

　　「街對面，呼——『好養眼』！」

　　她將一隻濕手放在眼睛上，遮擋刺眼的陽光，順著柏絲的視線望向街對面的五金行。睿甫扛著一袋混凝土正從路旁走向停在街上的小貨車。她們看著他將那袋混凝土甩上小貨車後面，遠觀之下，絕看不出他曾受過重傷，身上還留下可資證明的疤痕。他搬運重物用的是那種奧林匹克鐵餅選手的力道與優美姿勢。

　　柏絲嘖嘖讚美。「要是這樣還不叫雄壯威武，就請老天把我弄瞎了吧！」

　　「不要──」

　　「嗨，睿甫！」柏絲提高嗓門喊道。

　　凱嵐驚喘，氣惱交加地轉身拉開車門上車，砰地關上車門。「我要殺了妳。」她從敞開的車窗對著柏絲生氣地說。

　　「如果妳表現得像個傻瓜，我才要殺了妳。」柏絲還嘴道。

　　睿甫馬上看見她們，揮了揮手。在等候一部汽車通過的當兒，他摘下牛仔草帽，用捲起的衣袖擦拭額頭的汗水。那部車尚未完全通過他即舉步，幾乎是繞過車尾地朝她們過來，半路上開始小跑步。

　　「嗨。」

　　老天真是殘酷，怎可放任一個如此性感的男人到處亂跑，讓碰上他的女人都成為無能為力的受害者。

　　他用手指梳過濃密的黑髮，將汗濕的波浪狀髮絲往後撥，再將牛仔帽戴回去。那眼罩使他看起來英勇豪邁，猶如海盜。

　　他的喉部曬得黝黑，頸下繫一條纏繞打結的白色領巾，衣袖捲得又高又緊，有如繩索般綑住深橄欖色的二頭肌。藍色工作襯衫未曾扣上，凱嵐猜想他原本打赤膊工作，因為要開車進城才匆匆套上襯衫，又因為天氣炎熱，索性連鈕子也不扣了。

反正，現在那件襯衫長長的下襬在他的腿上飛飄，他的胸膛整個裸裎，一片濃密、潮濕且捲曲的胸毛覆蓋其上，而且覆蓋得非常漂亮：扇型黑雲密佈於胸肌結實的胸前，並縈繞著平坦的乳頭，接著成為窄窄的一直線，區隔了胸部與肌肉起伏的腹部，最後叢聚環繞在肚臍的四周。但他那壯碩的胸膛上有一道弧型疤痕，從手臂內側彎過左乳下方，非常醒目。

他的牛仔褲十分貼身，洗滌不下千百次才能呈現那種泛白的色澤。這回他沒穿閃亮的蜥皮靴子，而是沾滿泥巴的舊靴，戴著一雙破舊而翻捲至腕骨的工作皮手套。

最讓人眼睛為之一亮的是一條木工寬皮帶繫在結實的腹部，宛如槍手的槍套，充滿強烈逼人的陽剛氣概。那些建築工具隨著每一個矯健的動作，在堅實的腿上搖來晃去，不住磨蹭他的肌肉。

他是個夢幻成真的人物，男人中的男人。

「妳們怎麼會出來？天氣熱得像鬼吃人。」

柏絲大笑。「你說話開始有德州人的調調了；是不是，凱嵐？」

凱嵐像具人體模型般僵直地坐在悶熱的車裡。「是啊！」

他一隻前臂抵在車頂上，襯衫敞得更開，胸膛上潮濕的胸毛汗珠凝結。他低頭跟她打招呼：「妳好嗎？」

「很好。你呢？」

「很好。亞倫好嗎？」

「他也很好。」

「那很好。」

「你好像很賣力在工作，睿甫。」柏絲說。

　　柏絲的口氣是要凱嵐知道她很氣她和睿甫這樣一問一答。哼，讓她生氣吧！是她像個街頭流鶯，喊句「嗨，水手！」然後把他釣過來的，讓她去跟他瞎扯。

　　凱嵐以為他站直去和柏絲說話，她就輕鬆了，豈料他一站直，身軀更加毫無遮掩地落入她的眼底。她入迷地盯著他看。

　　她看見他右胸下的一滴汗水，逐漸凝結為一顆飽滿、透明的大水珠，沉甸甸地漲開，再緩緩往下滾落。凱嵐的視線隨著那顆汗珠從每一根肋骨滑下去，它原本會沒入散佈於腹部的柔軟毛髮裡，但由於衝力太大，繼續在古銅色的皮膚上翻滾，最後往內朝肚臍偏過去，直接翻落於深深的毛髮漩渦中，彷彿那是一只用來收集珍珠的高腳杯。

　　「妳說是不是，凱嵐？」

　　凱嵐一震。「什麼？」柏絲不知在問她什麼，她渾然不覺。

　　「我跟睿甫說，等他的新屋完工，我們就過去參觀。」

　　「喔，好啊！」她含糊地回答。「不要再看他，看著地平線或停車計時器或任何東西，就是不要看他。」凱嵐心想。

　　她整個人都在冒汗，盛夏的高溫只是其中一個理由。她巴不得柏絲趕快上車，她們趕快離開。

　　不過先告辭的是睿甫。「我得走了，水泥工在等著我。很高興見到妳們。」

　　「再見，睿甫。」柏絲說。

　　「再見，柏絲、凱嵐。」

　　「拜。」她小聲答道。

　　直到他轉身而去，差不多走到車邊時，她才揚起目光，但立刻

就後悔。他的襯衫貼在皮膚上，被旺盛的汗水黏住。濕黏貼身的衣服讓他的肩膀更顯得寬闊，而且牛仔褲的背面與正面一樣好看。

此時，一個多星期後依然難以入睡的她，歷歷如繪地看見那天的影像。他輕微的跛行只更加強那種昂首闊步的姿態，每每讓她口乾舌燥。

她無奈地嘆口氣，翻個身，向誘惑投降，在心裡隨著那顆鹹濕的汗珠再度滾下他的胸膛，但這回她的舌尖跟著它探入他的肚臍。

她煩躁不安地醒來。

越過餐桌上的咖啡壺去拿電話時，心情仍未好轉。

「嗨，我是睿甫。」

她迅速看看爸媽。上回他們問她為什麼睿甫再也不來了，她一口截斷他們的話。「我說過我和他只是朋友，他可能已經交了女友。」她不願洩露來電者的身分，只應了聲：「你好。」

爸媽好奇地瞧她。梅格用嘴型問：「是誰？」凱嵐假裝不懂她的啞戲。

「我已經完工了。」

「完工？」

「新屋。」

「噢！恭喜你。」

「謝謝。妳要過來參觀嗎？」

「不知道行不行。」她支支吾吾說。

「妳說過要來。」他提醒她。

「我知道，但這陣子很忙。」

「我希望在它上市前，妳能給我一些裝潢上的意見。」

「我沒有資格在這方面給你意見。」

「妳是女人，不是嗎？」

沒錯，她是女人。否則她的心不會如此劇烈撞擊肋骨，彷彿想要逃亡，她的雙腿不會如同溶解的蜂蠟，她的掌心不會滑溜溜的，她也不會一直想著他的嘴和他的胸脯。

「我對房屋裝潢一無所知。」

她瞥見父母對看了一眼，父親揚起眉來，又緩緩落下。

「還是請妳過來看看吧？」

「什麼時候？」

「今天下午。」

「今天星期六我要上班。」她和柏絲星期六輪流排班。

「打烊後，我去接妳。」

凱嵐用手纏著電話線，不知要不要拿亞倫當藉口。睿甫一定會叫她帶亞倫一起去。至於爸媽，則根本聽著她的每一句話，使她完全無法利用他們來當藉口。

她幹嘛在乎藉口太薄弱？她已經明白地告訴過他不願再見面，是他自己厚著臉皮又來電邀約。

但拒絕這個特別的邀請似乎很無禮。它還在蓋的時候她就見過，將它打點完美，似乎是對他很重要的事，也許它的成功對他的事業將大有幫助。也許他是「真的」想知道她對裝潢的意見，他需要和一個品味相當、有共鳴的對象討論，他的用意應該僅止於此。

「好吧！那麼六點見。」

「太好了。」

花店一整天都很忙，但時間似乎在蠕蠕爬行，而且她一直覺得肚子空蕩蕩的。或者她體內那種陷落的感覺，是因為她在害怕將要與他見面？或者那是期待？她不想知道。

六點整，他穿著運動衫及寬鬆的長褲走進花店，看起來帥的不得了。他身上有股剛淋浴及刮過臉的味道，依然微濕的頭髮在耳邊微捲、且垂落眼罩上，充滿令人無法呼吸的魅力。

「還有剩下的花可以賣嗎？」

她笑起來，他友善的態度及輕鬆看待這個原本就該輕鬆的會面，讓她鬆了一口氣。「還剩一些。」

「可以走了嗎？」

「我去拿皮包，並關掉後面的燈。」

她不到一分鐘便回來，他護送她出去，等候她鎖好店門。他扶著她的手肘協助她上車，但用意都是協助。到目前為止，情況很好。

他開車穿過市區，再轉進鄉間小路，直驅新屋所在的林地。兩人沿途輕鬆地閒聊，他問候她的父母，她回答他們很好，他問亞倫的情況，她便將兒子最近的一堆趣事告訴他。兩人對於一個月前所發生的爭論皆隻字未提。

「噢，我的天！」新屋映入眼簾時，她不禁驚呼。「我不敢相信。」

他在樹籬夾道的蜿蜒車道上停下車來。「喜歡嗎？」

「怎會不喜歡？」不等他扶她下車，她便自行打開車門出來，

充滿激賞地望著新房子。「你沒告訴我，大門兩側會鑲彩繪玻璃窗。」

「妳沒問我啊！」他開玩笑答道。「進來吧！」

走進這棟屋宇就彷彿走進《建築文摘》的內頁，室內採休閒風格，所有設計都以舒適及便利為出發點，但絕不欠缺優雅。每個房間都十分寬敞，但又保有溫馨怡人的感覺。

凱嵐步入廚房，見到露天式餐區的想法呈現得那麼討喜，不由得開心地叫起來。「妳瞧，水槽設有熱水龍頭，」睿甫驕傲地說，轉開給她看。「還有鑲在牆上的冰箱及冷凍庫。」

「太完美了。」凱嵐笑著說。

「妳真的喜歡嗎？」

「它太棒了！」

「到屋外來，我帶妳看看後院。」

後院長達數碼的杉木地板從屋後延伸到草坪，景觀布置已經完成，簇簇的杜鵑花叢環繞著修剪成型的樹木，各色綻放的花卉盆栽整齊排列在陽台上，種滿蕨類植物的小涼亭裡設有水療浴池。遠處一道小溪粼粼宛如銀帶，兀自穿梭在蒼翠的樹林中。

「我不敢相信，睿甫，」她崇敬地說。「你做得太好了。這棟房子實在太漂亮了，已經完成的裝潢也都非常完美，你不費吹灰之力便可以將它賣出去。」

他拉著她的雙手，將她轉過來面對他。凱嵐有些吃驚。直到此刻，他幾乎都沒觸碰她，只是一路打趣說笑地帶她參觀房子，像個十歲小孩展示新單車般的興奮與熱切。但此時他用那種強烈又專注的眼神看著她，令她的脈搏狂跳。

「我遵照妳的要求，一直沒有去找妳。」

「這是最好的方式。」

他搖頭。「雖然沒去找妳，但不表示我喜歡如此，或是不想念妳。」凱嵐吞嚥一下。「剛好相反，我一直都很想念妳。」

「睿甫，拜託，我們不要爭論。」

「我並不想爭論。」

「那就什麼都不要再說。」

「讓我說完吧！」他看到她默許的態度，於是說下去：「妳明白我對妳的感覺，是不是？」

「你……你說過……」

「我愛妳，我是認真的，凱嵐。」

「求求你，不要給我這種壓力，我做不到。」

「做不到什麼？」

「我不想涉入這種陪你一段的男女交往。」

「我知道，所以我才在此請求妳嫁給我。」

8 「我可以坐下來嗎？」

他的鬍髭在微笑中微微顫動。「覺得很震驚嗎？」他帶她走向一座繫在陽台屋椽上的老式鞦韆，這座鞦韆與她家前廊的那座鞦韆簡直一模一樣。

凱嵐一向喜歡前廊上有鞦韆，但他的求婚令她太過震驚。任何時候她都會說幾句誇讚的話，但現在她連使喚四肢行動都有困難。

睿甫在她身邊坐下來，但沒有觸碰她。有半晌，兩人之間唯一的聲響就是輕搖款擺的鞦韆鎖鏈所發出的輕微吱嘎聲。蟋蟀躲在隱蔽處唧唧直叫，蟬兒在樹梢的濃蔭中展開夜之合奏。凱嵐腦中掠過許許多多話語，但都像螢火蟲般一閃即逝，來不及說出口。

「我不知道要說什麼。」

「說妳願意。」

她在逐漸深沉的暮色中看他。「睿甫，你怎會有我願意和你或任何人結婚的想法？」

「我並沒有任何想法，妳明白表示過許多次，說妳並沒有在尋找丈夫。」

「那你為什麼還要向我求婚？」

「因為我愛妳，我希望成為妳的丈夫，照顧妳和亞倫，做他的父親。」

「但這太瘋狂了！」

「為什麼？」

「因為你知道我不愛你。」

他低頭看自己的雙手，翻過來，彷彿頭一回看見它們似地仔細端詳。「是的，我知道，」最後他說。「妳依舊愛著理查。」

她突然很想碰觸他，害羞地將手放在他的膝蓋上。「你是希望有一天我會改變，然後愛你嗎？」

「妳會嗎？」

她將手收回來。「我永遠不可能那樣再愛任何男人。」

「我還是想要妳。」

「你怎會想要這樣浪費自己的人生？為什麼偏要和一個明知不愛你，也永遠不會愛你的女人結婚？」

「這個問題的原因和理由，讓我傷腦筋就好。妳可願意嫁給我？」

「你是個非常有魅力的男人，睿甫。」

他燦爛地笑了。「謝謝。」

她開始發脾氣。「我的意思是，六個月後或下個星期，甚至明天，你可能會遇到別的女人，一個愛你的女人。」

「我不會注意別的女人。」

「你應該注意。」

「嘿，」他耐心地說，「也許這個虛構的女人會突然出現，還跑過來捏我臀部一把，但那不重要，我已經找到我想要結婚的對象了。」

「但你對我幾乎毫不瞭解。」

「我從裡到外地瞭解妳」，他想。「我知道妳喜歡前廊的鞦韆，有明亮的天窗、彩繪玻璃以及濃蔭環繞的屋宇。我知道妳高一時曾和一個名叫大衛的男生交往，那混蛋傷了妳的心。妳的右臂下方有片很像胎記的雀斑。妳覺得胸部太小，有點自卑，但我覺得它們很可愛，等不及想看並用指尖和舌頭碰觸它們，用嘴和它們做愛。」

睿甫清清喉嚨，不自在地在鞦韆上動了動。「我本來不相信一見鍾情，直到那天在購物中心看見妳。我覺得妳實在太美了。但吸引我的目光的不僅僅是妳的美。我喜歡妳對亞倫說話的方式，妳照顧他時雙手的動作，」他咧嘴笑了笑。「如果當時他沒有決心跳進噴泉，我就會想辦法主動和妳搭訕。」他稍微靠近她。「嫁給我，凱嵐，和我一起住在這棟房子裡。」

「這棟房子！」她低呼。「你蓋這棟房子是為了讓『我們』住？」

見到她震驚的模樣，他喜洋洋地說：「否則我何必在細節上如

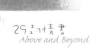
此大費心思？」

凱嵐望向露天的落地窗內，一間間精心安排的房間，就算是她親自設計，也不可能更切合她的心意。「我們有些品味很相似，這棟房子也非常可愛，睿甫，但這無法做為結婚的理由。」

「目前它只是一棟房子，但我要把它變成一個家：亞倫的家、妳的家，我們的家。」

她注視他良久，最後搖搖頭。「這不合常理。」

「一點也不會。我想要有個家，我想負責照顧妳和亞倫。」

有個念頭不知從哪兒冒出來，有如一列疾駛的火車猛然撞進她腦中。他希望有妻有兒。一個像睿甫這樣英俊迷人、任何女人都想得到的男人，為何偏偏要向拖了個孩子的寡婦求婚？除非他在這方面有困難。

一定是！儘管睿甫的殘障並不明顯，但他如此中意她最大的理由，是否正是她不願也不能回報他的愛？他是否需要一個不會在身體方面對他有需求的妻子？而且為了有個孩子，他必須娶一個已有孩子的女人？這樣的婚姻條件或許離奇，但最為方便。

「睿甫，」她遲疑地開口，「你……你受傷當時……」

「怎樣？」

「當時是不是……？」

「是不是什麼？」

「我的意思是……你是否……？」

「我……怎樣？」

她深呼吸。「你有親密關係的能力嗎？」她覺得自己忽然變得渺小，世界包圍過來，緊緊勒住她的喉嚨。她鼓起偌大的勇氣抬眼

看他。

「妳吻過我不是嗎？」他以低沉震盪的嗓音問。

「是的。」

「那時我抱著妳。」

「是的。」

「我們很貼近。」

「是啊！」

她移開目光，大半天沒有作聲，他追問道：「所以呢？」

她玩弄腰帶上的花邊。「我以為也許因為我是個有孩子的寡婦，假如你……由於意外……所以……」

他托起她的臉。「我不但有那個能力，而且熱切地想和妳建立親密關係。」每一個字都在她體內激起一道電流，且彷彿豎琴的絃被人輕巧地撥過去，餘音繚繞。「為了避免以後發生誤會，我現在就告訴妳，這個婚姻關係一切都將照章進行，我會在各方面履行丈夫的責任和義務。我要和妳上床，凱嵐，我要和妳做愛，經常的。妳明白了嗎？」

她點點頭，不是出於自己的意志力，倒像是被催了眠。兩人都不記得他的手怎會鬆鬆地抓住她的脖子，只清楚地感覺到那個動作。他們動也不動地坐著，他綠色的眼睛深深地看著她，他的臉則逐漸靠近。她一感覺他的鬍髭扎在唇上，眼皮隨即閉上。

他的手穿入髮間握住她的頭時，凱嵐心想，「多麼浪費，」如此美妙的吻竟浪費在一個不能、也不願愛他的女人身上。那對既能熱烈佔有，又能溫存引誘並令她飢渴迎合的雙唇，卻不能親吻能夠回報如此熱情的對象，實在是一大遺憾。

她輕輕將雙手放在他的肩上，害怕會從搖晃的鞦韆、搖晃的天地翻落下去。

　　睿甫用另一隻手臂環住她的腰，將她擁在胸前。他從喉嚨發出一聲陽剛的低吼，舌頭探入她的雙唇，盡情親吻她。

　　凱嵐也幾乎克制不住低聲的呻吟。他的舌頭柔滑攪拌，但她卻覺得悲哀，因為他的吻不能獻給喜愛這個吻的女人。

　　但她忽然發覺喜愛的反應其實已經出現：她拱起背部，胸脯壓在他的胸前，雙手揪住他的襯衫，她的舌頭也在熱烈回應他愛的嬉戲。

　　她猛然退開，心驚地感到呼吸困難。她連忙起身，但不知雙膝出了什麼問題，顫到幾乎站不住。「我得走了。」

　　「好，」嘶啞的聲音，顯示他也有呼吸方面的問題。他沒有爭論，但拖了半天才站起來。她飛快朝他的胯間偷瞧一眼，先前的猜測頓成笑話。

　　她逃跑似地穿過房子，到大門等他。他為她拉開車門，她跌坐到座位上時心裡真是感激。她的腿隨時可能癱軟。

　　送她回家途中，睿甫沒再說話。凱嵐總算放鬆了一點。他八成是被炎炎夏日曬瘋了，才會開口向她求婚。說不定他只是開玩笑，這會兒正懊悔不已。

　　然而，當他在她家前面的路邊熄掉引擎，轉過身來，手臂放在椅背上，用那種錯不了的、令人血氣激盪的腔調喚道：「凱嵐？」她即瞭解事情並非如此。

　　她神經質地舔舔嘴唇，駭然發現他的味道竟還縈留未去。「我甚至不認為這值得繼續討論，你不可能是認真的。」

　　「凱嵐，」他等著，直到她謹慎地轉過頭看著他。「我是認真

的。假如我不認真，我能那樣吻妳嗎？」

「我不知道。」她彷彿被逼進了角落，絕望地說。

他覺得有趣，低聲笑起來。「我吻過不少女人，但從未向任何女人開過口，至少從未求過婚，足見我是認真的。」他拉起她的手，放在嘴邊，吻吻手心。「我知道我讓妳很吃驚，我不指望今晚就有答案，但請答應我妳會仔細考慮。想想我們結婚對亞倫，乃至於妳爸媽的意義。明天再想吧！」

睿甫‧路爾是個可惡的對手，凱嵐第無數次看向床邊電子時鐘的數字，悻悻然地想。漫長的一整夜，她幾乎每隔一小時就看一下時間，並怪他害她失眠。

首先，她的身體始終無法放鬆，對每一個感官刺激變得十分敏感。她的腿部肌膚又不是第一次接觸床單，但為什麼它們老想磨來蹭去？還有，為什麼這件棉質舊睡衣讓她的乳頭這麼不舒服？每一次磨擦都這麼敏感？為什麼她一直想撫弄它們？而且為什麼一這麼想，就會浮現睿甫親吻它們的畫面？

她不斷地發誓這些身體反應與他的吻毫無關連。也許她的月事快來了？所以雙腿之間才有那種脹痛感。她會不會是中了長春藤毒，所以才覺得皮膚刺麻，不斷地需要撫弄。

「我才沒有動情。」

但身體和她爭論，說法大異其趣。

可惡，他竟使出如此卑劣的手段。而且命中要害。他隱約暗示如果她不嫁他，就是個自私鬼。

好吧！她姑且先當魔鬼的代言人。

沒錯，她若嫁給睿甫，對爸媽大有好處。他們若能確定她和亞倫將得到睿甫的照顧，便能了無牽掛地去實現人生計畫。

　　她若嫁給睿甫，對亞倫也大有好處。成長中的男孩需要父親。到目前為止，一直由克里夫扮演父親的角色，但祖孫倆還能同行多久？未來的日子裡，克里夫的健康及體力是否足以繼續陪孫子運動，帶他去釣魚和露營，從事所有父親會陪著兒子去做的大量需要耗費體能的活動？

　　問題是，亞倫不是沒有父親！凱嵐在心裡強辯。理查就是亞倫的父親，她曾經發誓要讓理查永遠活在亞倫心中，她堅決守住誓言。這不是睿甫溫存的態度與甜蜜的話語能夠輕易打動的。

　　再說，現代的女人無需為了考量家人的利益而結婚，不管對方有多大的魅力。坦白說，睿甫不僅深具魅力，還是個當丈夫的模範。她留意到他在當地社區的努力已大有進展，經常出現在報上的商業版面。顯然大家認為他是位正人君子，具有誠信的經營態度，創新的商業發展理念也很受敬重。至於身體方面——

　　不，最好別想到他的身體。她突發奇想地以為他可能因傷而成為性無能，但不消片刻即遭否定。

　　所以不行，不能想他那迷人的身體，想太多會讓她心慌意亂，判斷失真，只能從實際面來分析問題。

　　就這樣翻來覆去直想到天亮，凱嵐終於有了決定。她要搬離老家，為自己和亞倫找個地方落腳，好讓父母早日賣掉舊屋，去實現他們的人生計畫。

　　她不用嫁給睿甫。經濟上，她可以自立自足；等亞倫長大，她會讓他與同年齡的夥伴及他們的父親密切往來。她的人生不需要男人。

不過她依然應該謝謝睿甫的求婚，以及因此激勵她做成自理查過世後拖延至今的決定。越快婉拒越好。

隔天早上，父母準備去教堂時，她打電話給睿甫。第一聲才響一半，他隨即接了電話。「早啊！睿甫，希望沒吵醒你。」

「絕對沒有。」

「我已有了決定，我──」

「我馬上過去。」

她還來不及再說一個字，他已掛斷電話。她快快地放回話筒。在電話裡拒絕他容易多了，也可免除面對面的尷尬。

由於她和亞倫都已穿好衣服，她便帶著他和他的海灘塑膠球來到屋外。如果她在前院與睿甫碰面，將事情做個了結，就不會驚動父母。

睿甫一定是拿著車鑰匙站在電話旁，因為一轉眼他已來到她家。凱嵐見到他穿一身黑色西服下車，頗感驚訝。他的頭髮在陽光下烏黑油亮。他往那個塑膠大球輕踢一腳，亞倫立刻搖搖晃晃地追著球跑開了。

「早啊！」他說。

「早。」

她很緊張，事情比她想像的更為困難。當她必須專心思考結婚的主意有多荒唐時，她的心卻在亂想他真是帥的不得了。她想著被他的鬍髭扎著手心的感覺，以及他就是懂得拿捏力道親吻她的喉嚨、撫摸她的頸部。

「睿甫，」她開口道，很快舔一下嘴唇，並握緊冒汗的雙手。

「我——」

有隻狗彷彿從天而降，牠突然從樹籬裡鑽出來，對著亞倫汪汪大叫。活蹦亂跳的白色小狗，在一個十五個月大的幼兒眼中，其實非常可怕。小狗認為是進攻加閃躲的遊戲，在小孩眼裡可能有如恐怖攻擊。

亞倫放聲尖叫，但他的尖叫徒增那隻狗的興奮，牠像團毛茸茸的小白球繞著亞倫跳來跳去，銳利、急切的吠叫聲像機關槍達達直響。

亞倫跟蹌往前走幾步，想要逃跑。那隻狗忽然站立起來，亞倫往後仰倒，隨即拚命爬起來，沒頭沒腦地往他認為安全的地方衝去。

似乎也不能說他沒頭沒腦，他其實有明確的求救目標，不是衝向母親，而是衝向那個魁梧、強壯的男人，當他小小結實的身體撞上那男人的小腿時，他立即俯身將他抱起來。

一雙胖胖的小手臂緊緊抱住睿甫的脖子，淚水縱橫的小臉也埋進睿甫的頸窩。睿甫朝亞倫低下頭，撫摩著他的背。「好了，童子軍，沒事了。你很安全。我已經抱住你，我不會讓任何東西傷害你。那隻小狗只是想跟你玩，不要怕，你沒事。」

小狗的主人是個壯碩的中年婦人，氣呼呼地從人行道跑過來，抓起小狗就打屁股。「你這搗蛋鬼，幹嘛這樣嚇唬小弟弟？」她將小狗夾在臂下，匆匆向他們走來。「你兒子沒事吧？」她問睿甫。

「沒事，只是嚇到了。」睿甫繼續撫搓亞倫的背部，亞倫沒動，小臉依舊靠在睿甫肩上，但已經不哭了。

「對不起。我一鬆開牠的皮帶，牠就像支火箭一樣衝出去，牠不會咬人，只是想玩。」

「我想亞倫也有點反應過度。」睿甫的大手覆住亞倫的後腦，將他穩穩地按在頸邊。

「對不起。」那婦人沿著人行道走去，一路教訓著小狗。

睿甫拍著亞倫的背，用鬍髭去廝摩他的臉頰，並親親他的鬢邊。「他不會有事，我想他只是──」

他的話在看到凱嵐的臉時，停了下來。她站得很近，用一種讓他無法移開視線、也無法繼續說話的表情看著他。她的眼裡含著淚光，嘴唇輕顫而微張，那種眼神彷彿第一次真正看見他。

有半晌，兩人就這樣彼此相望，甚至不知道鮑爾夫婦已衝到前廊來看發生了什麼事。梅格想往院子走來，但被克里夫拉住手臂，拖了回去。

仍然抱著亞倫的睿甫，伸出左手捏住凱嵐的下巴，大拇指摩過她的下唇。「妳剛才的話被打斷了。妳要對我說什麼？」

當下，她覺悟她該做何種回答。亞倫需要父親，活生生的父親。理查的記憶將永遠鮮活，但他無法在人世擔當守護的角色，幫亞倫應付日常生活裡每一天的大小危險，例如那隻活潑好動的小狗。

睿甫對她兒子的關懷顯而易見，亞倫直覺地就尋求他的保護。他溫柔有愛心，仁慈又大方，她還能上哪兒找到願意撫養別人的遺孤、明知她不愛他還願意娶她的男人？

「我要告訴你，我很樂意嫁給你，如果……你還要我。」

「如果我還要妳？」他粗聲跟著說。「老天，我當然要妳。」

他縮短他們之間的距離，用沒有抱著她兒子的那隻手臂擁住她。她不太知道接下來應該怎樣。與他握手以示成交？簽署婚前協議書？來上一個熱吻當然不可能，星期天光天化日之下，任何一個

鄰居或是恰巧駕車經過的人都能清楚地看到他們。

但睿甫不拘小節。頭偏向一側，嘴貼到她的唇上，飢渴而充滿男子氣概地吻她。

凱嵐覺得腹部一震，彷彿挨了一拳，整個身體竄過一道道愉悅的感覺。她心裡隱約有點失望他依舊抱著亞倫，無法將她拉到他身上，徹底滿足她那激盪沸揚的感覺。她體內所有的部位，都在渴望貼緊那副堅實而雄壯的身軀。她想要被他充滿。

最後他終於抬起頭。她覺得有些暈眩，幸好他強壯的手臂依然撐著她。他將她轉過去，帶她走向屋子，她的父母還在前廊上。亞倫開心地拉扯睿甫的一把黑髮，睿甫滿面笑容，每走幾步便大笑數聲。

「鮑爾先生，鮑爾太太，凱嵐給了我莫大的榮幸，答應了我的求婚。」

梅格流出歡喜的眼淚，克里夫則急忙下階，用力握住睿甫的手。「實在太好了，我們非常高興，我們……總之，非常開心。什麼時候？」他問女兒。

「什麼時候？」睿甫也問。

「我，呃，我不知道。」大事底定之後，她反而有種隨波逐流的感覺。「我還來不及想日期。」

「下星期六如何？」睿甫建議道。「我穿西裝就是打算跟你們一起去教堂，做完禮拜之後，可以和牧師討論一下。」

「這個主意太好了，」梅格熱切地說。「儀式可以在家裡舉行。」

「可不是，還等什麼？」克里夫補充道。

　　「可不是，還等什麼？」凱嵐也問自己。但是她為什麼又想踩煞車了？接受睿甫的求婚在剛才似乎是最正確的事，但此刻她才驚覺茲事體大。事情是真的了。她即將成為睿甫‧路爾的妻子。大家會怎麼想呢？

　　至於柏絲的反應，早就可想而知。她照例在星期天來到鮑爾家吃晚餐，睿甫去開門。那時克里夫正在挖取梅格堅持做來當慶祝點心的自製冰淇淋，凱嵐在餵亞倫吃東西，以便在開飯前送他上床睡覺；梅格則忙著盛起新鮮的豆子。睿甫是唯一有空的人。

　　他拉開紗門，站在一旁時，柏絲目瞪口呆望著他。「進來吧！大家都在廚房。」

　　凱嵐並未告訴柏絲她會和睿甫見面。自從上星期那天中午凱嵐在市區表現得像個傻瓜後，柏絲就沒再見到睿甫。此時，他那天繫著工具帶的部位綁著藍白條紋的圍裙。他堅持要幫梅格準備晚餐。

　　柏絲跟著他慢慢走進廚房，一踏入門口，便質問凱嵐：「現在是怎麼一回事？」

　　凱嵐一一看著其他幾張期待的臉，但似乎沒人有意作答，所以說明任務便落到她頭上。「我和睿甫要結婚了。」

　　柏絲瓷藍的眼珠子掃向睿甫，他一臉笑容。「驚喜吧？」

　　「你們要結婚了？」柏絲大叫，他點點頭。她用雙手捧住他的臉，直接對準他的嘴重重地一吻。「因為你要娶的是我的好朋友，所以我有資格吻你。」

　　睿甫笑著摟住她的腰，也在她嘴上印下響亮的一吻，然後放開她說：「言之有理。」

　　大家全笑了，連亞倫也不例外。他根本什麼都不知道，但感染到周遭的歡樂，坐在高腳椅上拿著湯匙猛敲盤子。

用餐時一片歡欣，玩笑開個不停，婚禮事宜更成為主題。但凱嵐還不習慣再過一星期她就要當新娘的事實，也不習慣睿甫對她的親密舉動。

他緊坐在她的身邊，利用機會碰她不下千萬次。他的手臂三不五時搭在她肩上，用指尖愛撫就像用嘴親吻一樣自然。

凱嵐發現自己不但不討厭這些親密動作，反而相當期待。但這份期待卻變成罪惡感，因為她心裡有數，這場婚姻不過是為了她的方便。不是嗎？

整個下午睿甫都和他們在一起，將他的身世背景告訴他們。「我在費城長大，先是就讀私立中學，然後進入哈佛。」

「你母親已經過世？」梅格問他。

「是的，她過世已有數年。我會通知我父親我要結婚的消息，但不敢確定他能否在如此倉促的通知之後趕來參加。」

「他是律師？」克里夫問。

「非常成功的律師。他很失望我無法追隨他的腳步，將『路爾聯合律師事務所』的名聲發揚光大。」

「但他對你在自己領域裡的成就，也一定以你為榮。」

睿甫的神情變得沉吟不決。「希望如此。」

到晚上，全城的人似乎都已得知他們即將結婚的消息。「貝克太太想送妳結婚賀禮。」

凱嵐正在廚房準備一盤要送去給坐在前廊說話的兩個男士的三明治，駭然轉過身來。「噢，不，媽，我不要那些客套，如果還有人要送，請禮貌地謝絕所有賀禮。」

「可是凱嵐，大家都衷心為妳高興。」

她堅定地搖頭。「我不辦任何派對，什麼都不要。拜託，我已有過非常美好的一次婚禮，而這次……這個婚姻並不一樣。」

梅格看著她，失望之情溢於言表。「好吧！親愛的。」

她那滿腦子都是浪漫想法的父母，鐵定無法理解她嫁給睿甫的動機，大概連睿甫也不能理解。

他向她的父母告辭之後，她送他出大門。兩人一踏出紗門，站在幽暗的前廊下，他立即將她擁入懷裡，低頭親吻她。

那個吻親密而挑逗，嘴唇緊密貼合。他伸舌攪弄著她，雙手從她的背部滑到腰前，沿著肋骨往上，最後按住她的胸脯。他呻吟出聲。

「天哪！我要如何才能熬到週六。」他放掉雙手。「妳知道我有多想碰妳？但我不能，假如我現在碰妳，一定無法罷手，我會剝光妳的衣服，親吻妳的嘴、妳的胸部、妳的肚子，妳的每一個地方。」

最後一句話嘆息般送入她的耳中，然後他張開的嘴從她的下巴滑到喉嚨底部。他的鬍髭是一項製造愉悅、消除矜持、抹滅記憶的秘密武器，使得她興奮發熱，並且濕潤。如果他有進一步動作，她也不會阻止，但他就此打住。

「晚安，我的愛。」

夜色將他吞沒，凱嵐望著他的車尾燈消失，依然久久佇立在廊上，想到新婚之夜便不由得顫抖。她試圖要自己相信這顫抖是因為她害怕。

但並不真的相信。

接下來一星期，每個人都很高興。自從理查死後，她的父母第一次如此興致勃勃，看得出來他們非常喜愛睿甫，相信他能讓凱嵐及亞倫快樂。柏絲更是熱心過度，這星期才過一半，她已耐不住性子。

「我不需要這種東西。」凱嵐對著柏絲拎到她眼前的一襲性感睡衣說。

「每個新娘都需要這種東西，就是因為它穿不了多久。」她使了個色瞇瞇的眼神，她的暗示使得凱嵐胃部絞動起來。

「我已經有一堆睡衣了。」凱嵐含糊地嘟囔。

「我看過妳那些睡衣，都太乏味了，完全不適合在蜜月時使用。」

「我們不馬上去度蜜月，我們要直接搬進睿甫的家。」

「『妳和睿甫』的家，還有妳很清楚我說的蜜月是什麼，不必離城也可以度蜜月，在房間裡就可以度蜜月。」她樂得笑起來。「我自己都有好幾件這種睡衣，所以妳要哪一件，桃色還是藍色？」

「隨便，」凱嵐煩躁地說，往精品服飾店的椅上重重坐下來。「主張我需要新睡衣的人是妳，妳挑。」

「好傢伙！」柏絲生氣地說。「妳是怎麼了？」

就算告訴她，她也不會相信，所以凱嵐索性不說。一個人瘋了，可不會到處去昭告朋友說她瘋了。「沒什麼。」

「哈，妳肯定是心神不寧。看來只有跟睿甫去『窩』幾天，才能改善心情。」

她轉身找店員，沒瞧見凱嵐沉下去的臉色。她也想開開心心地

迎接婚禮，卻又不容許自己這樣，開心地迎接婚禮等於背叛理查。這幾天根本沒人提到他的名字，大家好像已經將他忘得一乾二淨。只有她沒有。

她比過去更要緊抓住他的記憶不放，但免不了會忘記。她發現每回忘記理查大都是與睿甫在一起的時候，而他正認真地扮演著新郎的角色。

他們每晚外出選購家具。從攪拌器到椅墊等所有東西，他都要她出主意。他能看出她的心思，他挑選的家具完全切合她的心意，他們的品味出奇地一致。她常常覺得她簡直像個所有願望全都實現的灰姑娘。他花錢毫不手軟，當屋裡的布置逐漸成形時，她老想掐自己一把，以確定這不是一場夢。

那天晚上，他帶她走進主臥室看他們共同打點的成果時，她就有這種感覺。「椅子和床今天送來了，」他說，打開絲質蓮花燈罩的燈。「我覺得所有家具都搭配得非常完美。」

主臥室美得就像一個夢。她的目光在房間裡緩緩逡巡，繞了一整圈，回到睿甫身上，他正緊盯著她看：她的秀髮在燈下絲絲分明，她的身體在薄紗洋裝裡形成剪影。

「什麼？」她輕喘道。

「我們試試這張床。」

她倒吸一口氣，心兒翻轉，眼睛猛眨。他伸手將她一拉，轉瞬間她已躺在床上，他則俯在她身上。他用讓她無法移開視線的眼神看著她，手從她的頸邊溜下去，一直來到她胸前的第一顆鈕釦上。解開第一顆鈕釦。第二顆。第三顆。

她依然無法動彈，他的手已經探入她的衣服。她的呼吸加速，雙眼不由自主地閉上。

他的指尖穿進她胸罩的肩帶裡，將它往肩下推。下去，再下去，直到胸部的曲線在蕾絲罩杯下隆起出現。

「天啊！妳真美。」他用手摩挲她胸脯柔美的線條，往下滑到那敏感的尖端。

他輕喊她的名字，隨即以嘴封住她的唇。他的吻沒有她預期的那般激昂、狂暴，但絕對甜美、溫存而充滿愛意，一如他不斷輕撫她乳尖的手。

他將嘴印在她的耳畔。「我想進入妳的身體，凱嵐，我想感覺妳的高潮。」

他用另一個深吻捕捉住她的喘息，指尖撫弄那被他大膽的話語刺激得越發緊縮的乳尖。

「親愛的，求求妳別發出這種性感的聲音，不要給我這麼好的感覺，」他呻吟道。「否則我會停不下來，但是我想以丈夫的身分第一次擁有妳。」

他以極大的克制力停止愛撫，重新整理好她的衣服，再將她拉起來站在弄亂的床邊。她軟綿綿地靠在他身上。

貼著她的秀髮微笑，他將手放回她的心口。「我會讓妳幸福、快樂，凱嵐，我發誓。」

她將臉埋入他的頸邊，不是因為熱情，而是絕望。他喚起她身體的感覺，但她無法用愛與幸福的承諾回報他，因為回報他就會危害到她早在與他相遇之前許下的誓言，那個她在理查喪命之日許下的誓言。

 柏絲在屋裡擺滿鮮花，梅格捧出豐盛的自助餐，烘焙店送來多層大蛋糕，凱嵐原本希望只限家人與牧師參與的小小聚會，越來越像一場婚禮。

她在樓上房間心煩氣躁的抱怨。「大家都太小題大作了。」她伸長手去扣禮服背後的鈕釦。

「本來就該如此，這是一場婚禮，拜託！」柏絲將她轉過去，幫她扣上她搆不到的鈕釦。

「『第二場婚禮』。」

「妳抱怨什麼？有人連一場婚禮都巴望不到。」

凱嵐驚訝地看柏絲。「我以為妳根本不想結婚。」

　　柏絲滿臉懊惱，彷彿希望能把話收回。「到目前為止我還沒碰到想嫁的對象，不過要是有個像理查或睿甫這樣的男人進入我的生命，我會把他五花大綁地拖進禮堂。」

　　凱嵐小心翼翼踏進裙子裡。「對不起，柏絲，我知道我已經夠幸運了。」

　　「算了，不必理我。我不會認為丈夫因炸彈攻擊事件死亡是種幸運，我嫉妒是因為我碰不到愛我的好男人，而妳卻有兩個拜倒在妳石榴裙下。」

　　凱嵐心裡浮現柏絲所說的畫面，不禁笑起來。「睿甫可能永遠都不會。」

　　柏絲也笑了。「回頭想想，也對。」她嘆口氣。「凱嵐，他真是個雄壯威武外加溫柔體貼的男人，很少人同時具備這兩種特質。」

　　凱嵐不願去想正在樓下等待她的男人，每次想到睿甫與即將到來的新婚之夜，她就心驚膽戰。

　　「妳確定這套衣服合適嗎？」她改變話題。「我覺得應該穿得簡單一些。」

　　「這套衣服非常合適。」

　　那是一套兩件式絲質禮服，仿阿爾卑斯少女裝的上衣在肩部及腰帶有著精緻的縫線，淺黃的色調加上冰晶般閃亮的衣料，呈現出檸檬果凍般的質感。她唯一配戴的首飾是一對珍珠耳環。

　　「妳不該把它摘掉嗎？」

　　凱嵐隨著柏絲的視線落到左手上。「我的結婚戒指。」她壓根兒沒想到要摘掉這枚戒指，因為它已猶如指紋成為她手上的一部分。想到要將它摘除，她不禁淚水盈眶。自理查將這枚戒指套上她

的手指，誓言愛她直到死，它始終未曾離開她的指間。

她慢慢地，又轉又拔地將戒指摘下來，萬分虔誠地放入絲絨珠寶盒裡，蓋上蓋子。

「準備好了嗎？」柏絲問。

「大概吧！」凱嵐顫抖地答道。摘除結婚戒指與埋葬理查都是刻骨銘心之痛。一整個星期她一直想淡化再婚之事，此刻再也無法等閒視之，她即將改嫁給另一個男人，不出片刻，他（而非理查）就會成為她的丈夫。「爸爸帶亞倫下樓了嗎？」

「妳是新娘耶！不要擔心亞倫，我和妳爸媽會照顧他。」柏絲拿起稍早帶進房間的一只大型方盒。「睿甫交代我下樓前將這個交給妳。」

那是一大束白色蘭花，虹形鐘，她最喜愛的花，白色玫瑰蓓蕾及簇簇的滿天星襯托在花叢中。「我的天，」凱嵐低喊，從柏絲伸長的雙手中接過那束華麗的捧花。「這一定是──」

「總共十二朵蘭花。」她藍色的眼珠閃閃發亮。「告訴妳，凱嵐，這個男人是個珍寶，要是妳把這場婚姻搞砸，我會毫無歉意或愧疚地把他搶過來。」

「我會盡力。」凱嵐喃喃說著，暈眩地走向房門。

到了樓下，柏絲搶先進入客廳，凱嵐聽見叫大家安靜的聲音。她深深吸口氣，希望自己看起來穩定而從容，然後在眾人的注目下走了進去。

梅格已哭濕了一條蕾絲手帕，但面帶微笑，克里夫激動地猛吞口水，使得喉結上下滑動，柏絲則像個淘氣的森林精靈般咧嘴直笑，至於並肩而立的韓斯夫婦泰德與蘭茵，則顯得超乎尋常的嚴肅。

凱嵐的目光終於轉到睿甫身上，他英俊非凡的模樣使得她的五臟六腑頓然融化。他穿著那天參加宴會的同一套炭灰色西裝，但襯衫是象牙白色，黑色細紋領帶搭配對摺插在左胸口袋的絹帕。

睿甫向她走來，豈知總是在大家最意外的時刻像道閃電般衝出來的亞倫，先跑到她的面前。梅格與克里夫同時舉步向前，想阻止他拉扯母親的絲襪或弄縐她的裙子。

但睿甫俯身將他抱住，「媽咪好漂亮，對不對，童子軍？」他沙啞低語，並站起來。

亞倫連續咕噥了幾句像是「媽咪」的字眼，然後探身過去，用力在凱嵐臉上濕答答地親了一下。他似乎頗安於待在睿甫的懷裡，讓凱嵐鬆了一口氣，因為她正不知該如何同時抱著兒子和一大束蘭花。

「我似乎總是在謝謝你送我花。」

「喜歡嗎？」

「這麼美的花，我當然喜歡。你太浪費了。」

他搖搖頭。「今天是我結婚的日子，妳是我的新娘，無論怎麼花費都不算過分，親愛的。」

兩人彼此相望，直到亞倫在睿甫的臂彎裡扭動起來，才打破那凝止的片刻。睿甫竭力從見到凱嵐動人模樣而恍惚失神的狀態掙脫而出，挽住她的手走向眾人與牧師聚集之處。

「凱嵐，睿甫，今天是你們大喜之日。」牧師展開證婚儀式。

儘管是下午兩三點，陽光從梅格刷得晶亮的窗戶直射進來，柏絲依舊堅持點燃蠟燭，一支支燭光眨眼般在客廳的每個角落閃爍，濃郁的精油味瀰漫客廳。有人細心地在唱機上放了張優美、浪漫的CD。柏絲鐵定是將花店的存貨搜刮一空，不限於白色花卉，而是七

彩繽紛各種顏色都有，客廳裡到處都是插滿鮮花的花瓶和花籃。

婚禮僅進行必要的儀式。朗誦婚誓之際，亞倫打了個噴嚏，飛濺在睿甫的肩上，凱嵐自然地掏出媽咪必備的大手帕，先是擦乾睿甫外套上的水漬，再擤擤亞倫的鼻子。睿甫露出疼愛的微笑。處理好家務事，牧師繼續進行結婚儀式，當他宣布佩戴戒指時，睿甫將亞倫換到另一隻手臂，伸手到外套右口袋。凱嵐低頭注視著他將一枚鑽戒套入她的指間。

睿甫發現了她指上那圈白痕，曉得那是什麼所造成，他飛快抬眼看她，只見她柔和的眼神含著歉意。凱嵐見睿甫臉上掠過她無法理解的神情，但稍縱即逝。難堪的一刻過去，只有他們兩人知道曾有這件小事發生。

不久牧師即宣布：「睿甫，你可以親吻新娘了。」

他們面對面，凱嵐的眼睛一直盯在他的領結上，似乎無意移開，最後才害羞地爬上他的下巴，從濃密鬍髭下性感的嘴型躍上雕像般挺直的鼻樑，觸及明亮的綠眼珠。她羞澀地吞吞口水。

睿甫偏頭俯向她，啟開的嘴溫潤地印到她唇上，溫柔但帶著佔有意味地吻她。退開後，他對她笑了笑，接著親吻亞倫的臉頰。

「我愛你們兩個。」他輕聲而語，只有凱嵐聽得到，她突然好想哭。

但她在哭出來之前，已被爸媽轉過去擁抱，柏絲則筆直衝向睿甫，再度利用機會吻他。泰德與蘭茵也和新人相互親吻。

為了給這大喜之日留個紀念，克里夫取出相機。凱嵐雖然對著鏡頭展露笑靨，但不能不想到收藏在樓上房間衣櫃裡那本白色緞面大相簿，裡面貼滿另一場婚禮的留影。

凱嵐端著盤子在自助餐檯盤裝食物時，睿甫走到她身邊。「如

果妳不喜歡這枚戒指，我可以再買另一只給妳。」

「我沒想到你會給我戒指，」她低頭端詳陌生的婚戒。「不過我非常喜歡。」確實如此，這枚戒指的款式簡單而高雅。

「這是我母親婚戒上的鑽石，我父親上星期將它寄給我，原來的底座太俗氣，妳一定不喜歡，所以我把它重新鑲過。」

「你把母親的鑽石給了我？」她大吃一驚。

「她過世前交代我，把這枚戒指交給我的妻子。」

「可是睿甫，你應該把它留下來給──」她住口沒說下去，因為她發現她要說「給愛你的女人」。

「給誰？」他用手背微微頂起她的下巴。「妳就是我的妻子，而且是『唯一』的妻子，凱嵐。」他俯頭輕輕吻她，然後才放開手。

「對不起，我沒送你戒指。」她無法坦承她完全沒想到應該準備。事實上，她根本想都沒想到婚戒的事，直到柏絲在婚禮的前一刻提醒她摘除原來的戒指。「我不知道你想不想要，有的男人不戴戒指。」

「這個嘛，我再想一想，」他將一顆橄欖丟進嘴裡，慢條斯理地咀嚼，彷彿在思考一項重大決定。「也許我會想要點新鮮、非傳統的東西。」

「比如什麼？」

「比如也許戴個金耳環。」

她張口結舌地望著他，隨即發現他是在開玩笑，於是大笑。

「怎麼了？」他假裝被她的笑聲激怒。「妳不覺得耳環和我的眼罩很搭配嗎？」

「是啊！」她衷心地說。「戴耳環的男人很炫，我覺得你要是戴耳環一定非常搶眼。」

「那妳幹嘛大笑？」

「我只是懷疑工地那些工人看到你戴耳環會怎麼說？」

「這個嘛，妳說的沒錯，我最好三思。」

兩人一起笑起來，笑聲歇息後，他說：「好的開始。」

「什麼？」

「我總算將妳臉上那種防備又緊張的表情拿掉了，換上真實而開懷的笑容。妳終於真正地笑了。」

「我一直都在笑啊！」

「跟我在一起時沒有。我希望常常看到妳開懷大笑。」他傾身悄聲補一句：「但我脫掉衣服時除外。」

想到那副景象，她所有想笑的心情便不翼而飛。「我保證那時絕對不笑。」

她真的親吻她爸爸，感謝他為了再幫他們拍張照而過來打岔。他們拍了照，享用自助餐，喝了一堆梅格精心調製的雞尾酒。最後韓斯夫婦離去，並答應盡快再聚。

柏絲為了赴約也告辭。「可憐的傢伙，」她在門口對睿甫與凱嵐說。「他還不知道我被這場婚禮的氣氛弄得神魂顛倒，他今晚完蛋了。」她拋了個誘人的眼神，輕快地揮手離去。

「媽，我幫妳收拾。」

「去去去，」梅格噓聲將凱嵐趕出廚房。「妳和睿甫儘管上路。」

「可是亞倫的東西還沒全部整理好，我想我可以換下衣服，然後——」她噤了聲，發現其他三人都在瞪著她看，活像她腦筋不正常。只有睿甫似乎顯得有點好笑，她已經知道當他鬍髭扭動時，接著往往就是咧嘴而笑。「怎麼了？」

「咳，我們……我和妳媽……覺得，妳至少可以把亞倫留在這裡一個晚上。」克里夫不大自在地說。

凱嵐張嘴，卻不知道該說什麼，於是無言地閉了嘴。

「謝謝你們，克里夫、梅格，」睿甫開口填補尷尬的沉默。「很感激你們的好意。如果不會造成任何麻煩，我們今晚就把亞倫留在這裡。明天來接他時我會開貨車過來。凱嵐仍然有些東西要搬，是不是，親愛的？」

「是的，」她嘎聲答道。「明天晚上應該可以搬完。」

她和睿甫的婚訊公布後，父母便正式進行賣房子的事。凱嵐知道她越快將東西搬乾淨，屋子便越快可以成交。

但這並不是她此刻在想的事，她想的是即將到來的新婚之夜沒有亞倫當她和新郎之間的擋箭牌。她盡可能在不要太明顯的情況下拖延著不走。

「梅格很擅長舉辦派對。」兩人一上路單獨相處時，睿甫說。

「她一直是個出色的女主人。」

「我很感激她這麼盡心。」

「這是她最喜歡做的事。」

「我喜歡妳的衣服。」

「謝謝你。」

「絲質的嗎？」

「是啊！」

「我喜歡妳走動時它發出的聲音。」

「聲音？」

「那種窸窸窣窣、隱隱約約的聲音，平添無限的想像。」

她立刻將視線投向地上。「我不知道衣服有聲音。」

「衣服有聲音。每次妳一有動作，它就發出聲音。我覺得那聲音非常迷人，」他探過來拿起她的手，放在他的腿上。「而且讓人非常興奮。」

她的心臟在肋間猛撞，呼吸開始困難。她試著注意他訂製長褲的觸感，但她的腦子偏偏要去想他所謂的興奮，想著若是她將手稍微往上移動，便會知道他興奮到什麼地步。

車頭燈掃射過新居大門，他停下車來。「妳今晚需要這只手提箱嗎？」他之前幫她將一只小手提箱提到車上。

「是的，謝謝你。裡面有化妝品和……一些必需品。」

「我明白，必需品。」他的笑容對她的心肺功能毫無助益，它們今晚似乎完全停擺。「那都是少不了的東西，不是嗎？」

到了前廊上，他放下手提箱，打開門鎖並將大門推開。毫無預警地抱起凱嵐，抵在胸前。「歡迎妳進入我們的家，凱嵐。」

他將她抱進屋裡，一走過門口，即低頭吻她。一而再，再而三，很快就分不清何始何終。

由於他一雙手抱著她，凱嵐只要偏個頭便能中斷他的吻，但她就是沒有力氣。他的嘴甜美、溫暖得不可思議，令她好想看看他的舌頭究竟有多靈巧，他一遍遍以鑲著溫柔的貪婪探入她的口中。

他放開在她膝下的手，讓她順著他的身體滑下去，但依舊將她

牢牢擁在身前。最後她與他腳尖相對地站著，而熱吻始終綿綿不絕。

他的臂膀一空出來，一雙手便開始探索。在她的背部上下游移。她感覺他的雙掌壓在腰後，驅使她貼近他堅硬的腹部。她一貼住他，他便用拇指與食指在她胸前輕柔而有節奏地收攏與張開，拇指指尖因此不斷廝磨她的乳頭。

她屏住呼吸。睿甫的手很快放開，但並未就此撤退，他用雙臂保護似地圈住她，將她的頭按在胸前。

「我快忘形了，」他在她的髮際低語。「但是站在客廳做愛絕不是我打算度過新婚之夜的方式，」他低笑著拉開兩人的距離，俯看她的臉。「至少也得關上大門。」

他轉身關門時，凱嵐盡可能站開，但避免露出想逃跑的神態。「你餓不餓？」她抱著希望地問。「我弄點東西給你吃。」

「在吃過梅格那桌大菜之後？」他不可思議地問。「只要再吞一口洋蔥泡菜，我就會爆掉。不過我倒想喝點冰鎮香檳。妳要不要先換衣服？」

先先先。他現在總是用在凱嵐聽起來充滿暗示意味的簡單字眼，她很清楚這一堆「先」字的最後好戲會是什麼。

「香檳還不錯。」他會不會看出她嘴角的微笑其實是顫抖？

他走進廚房，一邊脫掉西裝外套、拉開領帶，順手將它們扔在餐桌旁的椅子上。他解開襯衫最上面三顆鈕釦，解開袖釦，將衣袖捲到雙肘。

他一副自在從容的神態，凱嵐實在嫉妒他能如此氣定神閒。她很想脫掉令她腳趾已經麻痺的新鞋，但她不敢在與他單獨相處時表現得如此輕鬆、舒適。

「喔，又冰又涼，」他從專業大型冰箱裡取出香檳。凱嵐留意到冰箱架上已擺滿食物，包括亞倫愛吃的點心。難道睿甫從沒遺漏過任何事？「可以幫我拿個酒杯嗎？親愛的，在櫥櫃那邊。」他朝一個櫃子點點頭。「我把所有東西都收在櫥櫃裡，要是妳覺得不方便，可以重新整理。」

「相信一切都很理想。」她呆板地說。

她找到酒杯，拿了兩個過去給他。酒瓶木塞「剝」一聲拔出時，她嚇了一跳。他笑著將不斷冒泡的酒倒進杯中，酒沫濺到凱嵐的手上，她也不由得笑了，冰涼的酒汁刺激著皮膚，小泡泡一個接一個冒出來。

她將酒杯放到流理檯上，想甩乾雙手上的酒汁，睿甫忽然抓住她的手，移到嘴邊。「我來。」

她眼看著她的手指消失在他的鬍髭與下唇之間，仍然無法真正相信，直到感覺他的舌頭舔食她指間的酒沫。

凱嵐驚訝地看著他舔淨那根手指，再將下一根含進柔滑灼熱的嘴裡。他的舌頭吮過指縫，將所有酒漬吸得乾乾淨淨，捲過那枚璀璨戒指的四周。

愉悅的感覺自體內盤旋而上。他靈敏的舌頭繞著她的指尖愛撫，但她渾身上下彷彿已無一不被他觸碰。他的舔吮誘發了強烈的反應，曾經她以為那些反應早已隨著覆蓋國旗的棺木深埋在堪薩斯的黃土裡。

甜美的感覺在她的腹部盪漾。她覺得胸前脹痛，多麼希望睿甫的舌頭從她的指尖移到那裡。這想法令她呼吸急促，心跳怦然。

他終於將她的手翻過來，鬍髭在手心刷了刷之後才放開來。她有種像被蟲咬到或被針扎到時那般，想把手藏到腋下，或者她是因

為它挑起她那麼強烈的情慾反應而感到羞愧？

「妳的香檳，」睿甫將酒杯遞給她。「敬我們。」他碰碰酒杯，兩人各自啜了口酒。他低頭輕吻她一下。「妳知道嗎？」他問，雙唇依然停留在她嘴上。

「什麼？」他擦什麼古龍水？她分心地想。它比香檳更為醉人。

「妳比香檳更甜美，」他的舌頭拂過她的下唇。「事實上，妳比任何東西都甜美。對妳，我是如此貪杯狂飲，直到爛醉如泥，依舊不會滿足，我還是會想……再……喝一口。」他在語句之間輕輕啄吻她，說完最後一句，他的嘴停住不動，她隨即感覺他的舌頭深深探入她的口中。

他不在乎酒是否溢出，拿走她的酒杯，隨意地將兩人的酒杯都放在流理檯上，他的吻始終沒有中斷。

他慢慢抬起她的手臂放在肩上，她的雙肘自動彎曲勾住他的脖子。他的雙手則在她的背窩處交握，越吻越強烈，身體一寸寸往前推，最後將她夾在他和流理檯之間，臀部左右擺動，輕緩地磨蹭。

「喔，老天。」當他從她的嘴上移開，變化多端的吻落到敏感的頸部時，她嘆息道。他張開的嘴觸及她的皮膚，她的頭往後仰，眼睛順勢微開，矇矓地望著天花板。

老天為什麼要這麼對待她？給她的人生帶來這麼大的誘惑？光是改嫁本身便已背叛了理查，她並不愛這個男人，但她卻從如此基本的層面渴望著他。這是不對的！然而她要怎樣才能抵擋如此激盪、澎湃的情慾，而不俯首稱臣？

「妳要不要先進臥室，等一下我再進去？」他粗聲問。

她呆呆地點頭，他便放開了她。她像個夢遊者般轉過身去，走

向房子另一側的臥室。睿甫跟著她，將手提箱放在門邊。「我馬上回來。」他輕輕關上房門離去。

她將手提箱提進臥室打開來，依照程序設定似地取出化妝及保養品，一一擺在梳妝檯上，無意中瞥見牆上鏡中的自己，不由得愣住。

她的眼睛！她的眼睛是如此的熾熱、發光而透亮，它們上一次這樣是當年她發現自己愛上理查的那一夜。

愛！老天爺，沒錯，這就是她的模樣，一個戀愛中的女人。

這念頭在剎那間撲滅了雙眼的光芒，快到讓她幾乎覺得它們不曾閃亮，那只是燈光的反射，或是她的想像。

她愛上睿甫了嗎？不可能，她與他相識不久，瞭解未深，何況她愛的只有理查，絕無他人。她的心容不下別的男人。

即使她容許睿甫夜裡利用她的身體，她的心也不會背叛理查。那畢竟只是肉體接觸，限於感官，而且感覺非常短暫。她的身體與內心是完全不同的兩回事，跟凱嵐・史楚德的感情、靈魂與心智完全無關。

應該是凱嵐・「路爾」，有個聲音兇巴巴地提醒她。

不，是凱嵐・「史楚德」，她如此堅持。

她會跟睿甫上床，因為她做了交易，一定會遵守。她以床笫間的權利交換他當亞倫的父親。他將得到她的身體，但永遠、永遠得不到她的心。她曾立誓全心愛理查，絕不容睿甫褻瀆那份誓言。

昨天晚上她和柏絲已將她的衣服搬過來，四季的衣物將睿甫建造在主臥室的衣櫃塞得只留了一小部分。匆匆洗過澡，她穿上被柏絲脅迫買下的性感睡衣，刷了牙，也梳好頭髮。幾乎是後知後覺地在耳後及頸間灑了點香水。

回到臥室，她只留一盞燈亮著，開始掀開床罩。叩門聲輕輕響起時，她握著雙手轉過身去。「進來，睿甫。」

　　他走進房裡，柔和的燈光照在身上，有個剎那，凱嵐極端遺憾她不能愛他。黑色睡褲鬆鬆地垂在腰下，用黑色細繩繫住，而最為壯觀的胸膛覆蓋一片胸毛，窄窄地往下延伸至肚臍，她不願去想那一道毛髮指向何處。從左乳彎曲而下的疤痕一如先前般吸引她的注意，她想觸碰並撫平它。他打著赤腳，左腳上也有網狀的疤痕。

　　經過一番瀏覽，她才抬起眼睛看他。他正望著她，鬍髭一側掛著笑意。

　　「妳真美，凱嵐。」他走進臥室，來到她伸手就可以碰到的地方。

　　她絕無法想像，此刻的她，在他的眼裡是多麼地動人心魂。這個女子早在與他邂逅之前，就已在她書寫的信裡對他娓娓訴說心曲，此時她佇立在他面前，身上除了幾片單薄的桃色絲緞，幾近赤裸。他最銷魂蝕骨的夢中情人就在伸手可及之處，活生生地呼吸著，每一口氣都微微拂動他胸前的毛髮。

　　金黃色的燈光將她映得閃閃動人，秀髮宛如黃銅般閃亮，肌膚發出古董絲綢晶瑩柔潤的色澤，讓他想整個人被她的身體包覆。她的雙眸則顯得柔和幽黑，大的出奇，也明亮的出奇。

　　單薄的睡衣如輕紗般遮掩她的嬌軀，繫在乳下的絲帶使得她的胸脯顯得更飽滿。誘人的乳尖在睡衣薄透的上身下依稀可見，白嫩豐滿、小巧渾圓的雙峰高高隆起。

　　因為燈光，身體出現陰影。他的目光往下，情慾的激盪令他更為勃然硬挺。她的腰出奇地纖小，完全不像生過孩子的女人。她修長雙腿間那處幽暗的縫隙、身為女人核心的所在，讓他深深地著迷。他想用他的愛撫、他的嘴禮敬與寵愛它。

他忍不住伸手輕捂那柔軟的三角地帶，撥開睡衣，只餘薄薄的一層紗擋住他的手。「妳好熱，」他激情地低語。「和妳站在這裡，我的感覺竟然比剛受傷、完全無法動彈時更為虛弱。」他的手由她的腹部往上移到胸前。「我想要妳，想得我渾身都痛。」

他的手指撫過她的乳尖，它美麗地挺起來，他不由得猛吸一口氣，用力將她抱在身上。他的嘴覆住她，以體內熊熊燃燒的全副火力吻她，一手圈住她的腰，另一手則充滿愛憐地撫摩她的胸。

凱嵐極力讓自己無動於衷。她想置身事外，以超然的視點旁觀這擁吻的畫面。然而保持冷漠是如此困難，他的熱度不斷滲透進入她的體內，被他撫弄的地方無不顫慄而蠢動。他所展現的熱情很難招架，一再威脅她保持無動於衷的決心。

薄透的睡衣讓她毫無保留地感覺到他濃密的胸毛與挺立的乳頭。他的雙腿堅硬而緊繃地抵著她，男性的象徵倚在她的身體所提供的小港灣裡。他無比地硬挺，她想要他。

她的身與心在交戰，拚命地想控制情慾，然而越控制，她的心越頑強，身體則越軟弱。

突然間，睿甫的唇離開她的嘴。突如其來的動作，使得她的頭猛然往後仰，面對綠眼冷峻的逼視。

他握住她的上臂將她推開，強壯而僵直的雙臂抓著她，將她推到盡頭。「不，謝謝妳，凱嵐。」

她畏懼地看他。他所有的怒氣都顯現在臉上，濃黑的雙眉緊壓在眼睛上，鼻翼隨著每次呼吸微微翕張。

「不，謝謝妳？」她小聲重覆道。「我不懂……」

「那就聽我解釋。」他緊繃的語氣讓她知道，他一定是竭盡全力才沒有對她吼叫。「我不要做愛時，對方自認為她是獻祭的羔

羊。」

　　她飛快垂下的眼睛，招認了事實。「你是我的丈夫，你有權要求──」

　　他嚴厲地大笑。「妳不明白這有多荒唐、可笑。要求一向不是我的作風，凱嵐，我也絕不可能對我的妻子做出野蠻人的行為！」

　　他猛然放開她，她跟蹌倒靠在床頭櫃上。「妳可以放心，」他有點刻薄地說。「妳很安全，我不會把我的慾望強加在妳身上，今晚不會，永遠都不會。」

　　她猛然往上看。「沒錯，凱嵐，」看出她的驚訝，他以柔和的語調說。「我依然愛妳，這不會因為妳有沒有跟我上床而受到影響。但我要警告妳，」他以手指指著她。「以我愛妳之深，妳不可能不愛我。」

　　他聳立在她的面前，左手插進她的頭髮裡面、右臂抬起她貼在身上，讓她知道，若他想要，隨時可以擁有她。

　　「我向妳保證，」他溫柔地強調。「沒有人比我更愛妳，沒有人比我更能讓妳得到做愛的歡愉。我將深深進入妳，深到如果我不在，那裡將成為無法圓滿的空洞。」他低頭在她的胸前烙下私人的印記。「等妳將那些糾纏不去的陰魂驅逐出去之後，再來找我；我會非常樂意將這些話語轉成行動。」

　　他鬆開她，轉過腳跟，向房門走去。「晚安。」他回頭說完，隨即用力關上房門。

IO

「早。」

那和悅、可親的口氣是她不只沒有料到，坦白說，也是她偷偷認為沒有權利得到的。

凱嵐本以為他今天只可能態度陰沉、言辭刻薄或舉止粗暴，反正就是不可能如此和善而愉悅。

「早。」

她繞過他坐著看報的餐桌，走向流理檯上的咖啡機。有個空的馬克杯放在那裡，應該就是給她的。她替自己倒了杯芳香而熱騰騰的咖啡。

「希望咖啡沒煮得太濃，不合妳的口味。」

她喝了一口。「很不錯，我喜歡濃郁的咖啡。」

「我也是。」

他的呼吸吹動她的頭髮，她這才注意到他在她的身後。她很快轉過身去。他摟住她的腰，將她擁近，俯頭親吻驚奇而微張的嘴。那個吻並不激情，但十分溫柔而幾乎令人心慌意亂。「昨晚睡得好嗎？」他殷勤地問。

昨晚簡直痛苦萬分。在睿甫離開他為新娘精心布置得如詩如畫的主臥室後，凱嵐倒在寬敞的床舖上哭了彷彿好幾個小時。她渴望回到熟悉的環境，回到自己的房間，回到亞倫身邊，與和藹的雙親在一起。她渴望將時鐘倒轉回去。她渴望理查復生。

她渴望睿甫在身邊。

最後一個渴望讓她又開始哭。

她終於在天亮前睡著，醒來時，頭部隱隱作痛，眼睛也有點腫。當她穿上瞞過柏絲一雙鷹眼偷偷帶來的舊睡袍離開臥室時，並不確定結婚還不到二十四小時的丈夫會怎樣對待她。她或許沒有明說，但的確以某種態度拒絕他在新婚之夜成為她的丈夫。他必定生著悶氣。

她沒想到等待著她的會是這般疼愛的擁抱，沿著髮線的溫柔親吻，背部那兒讓情慾逐漸增高的輕輕按摩。

凱嵐感覺焦慮慢慢從身上消失。她將臉頰靠在白色運動衫包住的壯碩胸膛，那下面是件剪得並不整齊的短褲。

「妳會不會做菜？」

「什麼？」她恍惚地問。

「我問妳會不會做菜？」

她揚起頭，往後退一步。「當然會。」她有點憤慨地回答。

鬍髭裡的微笑彎了上來。「那做個早餐如何？」

「想吃什麼？」

「妳會做什麼？」

「我什麼都會做。」她嬌媚地甩了甩金紅色秀髮，誇口道。「如果你讓個路，我就向你證明我的廚藝。」

他彎下腰，伸長了手。「廚房是您的王國，夫人。如果沒有特別的吩咐，我看報去了。」

數分鐘後，她將一杯柳橙汁擺在他面前，他斜下報紙一角。「謝謝。」

她對他微笑。「不客氣。」

「好香啊！」

「快好了。」

他摺起散落的報紙，推到一旁，讓她擺餐具。顯然她已搜出他存放在櫥櫃裡的東西。她舖上餐墊，使用生活化的陶器製品及銀器做為餐具。他注視她純熟地將餐巾摺成波浪狀，放置在餐盤中央，在她轉身離去之前，他伸手拉住她的手，抬到嘴邊，親吻手背。

「要寵壞一個人是很快的，看來我已經習慣有個為我忙東忙西的妻子了。」他輕聲說。

他從椅上仰望她的神情，使得她的腹部竄過一陣喜悅的暖流，燥熱的感覺從乏味的睡袍領口冒上來。

她扯著手。「我，呃，食物會燒焦。」

　　他放開她，她急忙跑回爐前。不消片刻，便捧著一大盤香氣撲鼻的食物來到桌前，放了下來，然後站在一旁緊張地等候他的反應。

　　「班尼迪克蛋！」他高興地喊道。盤中有鬆餅、燻肉、荷包蛋，再淋上蛋黃醬，並飾以新鮮柳橙片及洋香菜，是引人垂涎的經典美式早餐。

　　「不知道你喜不喜歡這樣吃。」

　　「只要是不會從盤子裡跑掉的食物，我都能吞下肚子。只有蘿蔔例外，千萬別叫我吃蘿蔔。」

　　她大笑。「難怪冰箱裡什麼都有，就是沒有蘿蔔。」

　　她將咖啡壺端到餐桌，為他斟滿。當她將咖啡壺放在三角架時，睿甫從椅子上站起來，為她拉開椅子。她驚訝地抬頭，他趁機輕啄她的鼻尖。「謝謝妳為我做早餐。」

　　「不客氣。」她坐下來，開始用微微發抖的手分盛食物。

　　「真是好吃極了！」他吃了很大一口。「妳去哪兒學得這手好廚藝？」

　　「我母親教我基本的東西，後來我又去上烹飪課──」她猛然停住，因為睿甫一臉驚訝地揚起頭。

　　「什麼時候？」

　　「在我丈……理查派駐海外的時候。」

　　她從未在信中提起烹飪課的事，為什麼？

　　「理查對妳上烹飪課有什麼想法？」莫非他沒看到某些信件？睿甫突然瘋狂地嫉妒起來，她寫給丈夫的信件中，可能有他並不知

悉的部分。他還遺漏了些什麼？

「我沒有告訴他。」

睿甫抓住叉子的手鬆開來。「為什麼？」

她喝了口柳橙汁，用餐巾擦拭嘴後才回答：「我想給他一個驚喜，等他回家時做各式各樣的菜給他品嚐。」她切開加拿大燻肉。「我和柏絲一起去，那非常有趣，但柏絲把每道菜都弄得一塌糊塗，但她也不算浪費時間，因為最後她跟大廚開始約會。」

她因為緊張而滔滔不絕地說話。睿甫看得出來，因為她沒有看他，而是盯著他肩後的某處。他們尚未進展到她能坦然自在地提到理查的名字，而不至於尷尬。

「妳一定是全班最棒的學生，因為早餐真的太好吃了。」她抬頭對他害羞地微笑，融化他的心，也補償了獨自睡在客房的一夜苦難。好吧！勉強補償。「我以前總是取笑那些婚後發福的運動員，現在總算明白其中的道理。」他對她眨眼睛。

「你是運動員嗎？」

「在學校裡是。」

「哪一類運動？」

「讓我想想，」他喝著咖啡。「田徑、籃球、划船。」

「划船？」

「德州可能不流行這項運動。」

「你一定是這樣鍛鍊出強壯的肩和腿。」

她的視線落在他一雙長腿上，這才注意到他腿上的疤痕。猙獰、突起的粉紅色疤痕，宛如交錯縱橫的鐵軌遍佈整條左腿。

睿甫放下叉子，看著她。他的手肘擱在桌面，雙手交握在嘴前，等著她露出嫌惡的表情。完全沒有。當她抬起眼睛看他時，茶褐色眼眸中只有同情。

「我說過它很不好看。」他的口氣裡有股暗流。

「沒那麼糟，睿甫。」

「也沒多好。」

她再次看他。「當時一定非常難受。」

「是的。」

「你從沒告訴我你發生過什麼意外。」

他不安地動了動，她認為那是因為不自在。「那不重要。」

「你曾說穿短褲會覺得尷尬，我認為你不該有那種感覺。」

他的鬍髭嘲弄地偏了偏。「妳不覺得我會讓海灘上那些太太、小姐們遮住眼睛、落荒而逃？」

「一點都不會，你太有吸引力。」

他立刻嚴肅起來，傾前用綠色的眼睛犀利地看她。「真的？」

「沒錯。」

他的聲音粗啞而專注，眼神彷彿具有催眠的力量，讓凱嵐許久不能動彈。

她竭力從暈眩中掙脫出來，因倉促起身，腿部撞上桌子，玻璃器皿因而嘎嘎作響。「你要是吃完了，我來收拾盤子。」

她轉過身，但睿甫用手指從後面勾住她的睡袍腰帶，將她拉住。他輕快地將她轉回來，拉進張開的腿間，她的腰部因此撞到他的胸膛，他的臉與她的雙峰齊高。

「謝謝妳的早餐。」喃喃的低語最後幾乎是消失在睡袍交疊的領口裡。

「這是我起碼能做的事。」

她垂下目光看他頭頂如波浪的黑髮。要克制自己並不容易，但她忍了下來，沒有伸手穿過他檀木般烏黑的髮絲，試試它們摸起來是否也像看起來那樣的富有生命力。

當他如此這般用結實的臉頰磨蹭著她的胸脯時，她的眼睛忍不住顫然閉上，並在他的鼻子聞嗅著她時，感覺到來自胸腔內部的呻吟。

「妳早上洗過澡。」這不是問句。

「是啊！」

「味道好香。香皂味、粉味，以及女人味。」

他隔著睡袍輕輕咬嚙，最後找到她的乳尖。其實他並沒有吻它，也沒吸吮它，只張開嘴來回摩擦，直到她的乳尖挺立，然後才用舌頭觸碰它。

「早餐非常美味，」他悄然而語，呼吸穿透睡袍的地方，她的皮膚是濕的。「有點心嗎？」他將臉抵在她柔嫩的皮膚上，但隨即退開，抬起頭看她。「有嗎？」

瞧見她戰慄的表情，他低聲笑著站起來，輕輕將她推開。「不必理我。我們去穿衣服，然後在妳的爸媽寵壞亞倫之前去接他回來。」他看看烤箱上的時鐘。「我們到那裡時，他們應該已經從教堂回到家。我想帶大家出去吃午餐，石油俱樂部星期六有豐盛的自助餐。」

「我們不是會員。」凱嵐擠出聲音說，胸脯被睿甫觸碰的快感依然餘震未了。

「我是。」他擰擰她的鼻子。「我來收拾廚房，妳去準備。我想帶妳出門炫耀。」他很快親她一下，以丈夫的姿態拍了她的臀部一記。

　　二十分鐘後，凱嵐化好妝，同時整理好頭髮，踏出主臥室的浴室，此刻才驚覺或許她和睿甫沒有同睡一張床，但他們卻是共用一間臥室。

　　她看見他正在穿西裝長褲，慌忙轉開之前，已經瞥見淺藍色的內褲。「對不起。」她正要退回浴室，但他嚴肅的聲音阻止了她。

　　「凱嵐。」

　　「什麼？」

　　「轉過來。」

　　「為什麼？」

　　「因為我要跟妳說話。」

　　她徐徐轉身，小心地讓視線對準他的頭。他慢條斯理地拉上長褲拉鍊，打著赤膊光著腳，朝她走過來。「為了不干擾妳，我在客房沖澡，但我的衣服全放在這裡的衣櫃和抽屜，搬動它們得大費周章。」

　　她很快舔一下乾燥的雙唇。「不要緊。我們就，呃，盡量不要妨礙對方。」

　　「我不會那樣做。」他大笑，見她蹙起眉頭，又說：「好吧！我們來說清楚：妳可以不必迴避我，我也會盡量不要干擾妳。這樣可以嗎？」

　　面對著他的胸膛，她的腦袋簡直無法思考，只能重覆著他的話：「可以。」

「嗯，很好。」他轉過身去，展現一整片黝黑而肌肉起伏的背部，走向他的衣櫃，若無其事地取出襯衫穿上，彷彿房間裡只有他一個人。

凱嵐則勉強走向自己的衣櫃，站了半天不動，凝聚脫掉睡袍的勇氣。

「妳的行為真幼稚。」她生氣對自己說。昨夜她在他面前所穿的睡衣，比現在睡袍下的胸罩和襯裙更暴露一千倍。她飛快脫下睡袍，以免改變主意。

「我一直在想。」

睿甫突然出聲，讓與他相對的背部像是中彈般凜然一震。「想什麼？」

她盡全力使喚笨拙的雙手先將睡袍掛上衣架，再吊回衣櫃的鐵槓。她得集中注意力才能做到，因為他可能正看著她的背部及象牙白色的胸罩肩帶。

「亞倫的事。」

她冒險轉頭，發現他正面對鑲在衣櫃抽屜上方的鏡子打領帶。襯衫已經扣好，但下襬尚未塞進去，筆挺的衣領則翻上來豎在方正的下巴旁邊。「他怎樣？」她在衣櫃裡搜尋要穿的衣服。

「我們或許該為他找家日間托兒所。」

「你覺得他夠大了嗎？」

「那要問妳。我只是在想，哪天克里夫和梅格買了汽車房屋出去探索世界，我們該如何安置亞倫？」

這也是凱嵐一直關切的問題。「我想他確實應該和同年齡的小孩相處，那也是一種教育。」

「肯定是，否則他要上哪兒學說髒話？」

她跟著他笑起來。「不過我得先打聽托兒所的校譽。」

「當然，一定要找家聲譽好的托兒所。學校設備和師資陣容都得通過我們的要求，才能送他入學。需要幫忙嗎？」

她還來不及回答，他已推開她正在摸索洋裝腰際釦子的雙手。難以想像這樣的彪形大漢，怎會有如此安靜無聲的動作。她站得筆直，讓他處理釦子。從下往上扣完最上一顆後，他的手順著她的背部撫下來，落到臀部。

「絕對沒人猜得出妳生過孩子。懷孕的過程很辛苦嗎？」

「完全不會。」

「妳的身材真苗條，」他低聲說，輕輕捏了她一下才放手。「能幫我弄這個嗎？」

她笨笨地轉過去，發現兩人站得好近。「怎麼幫？」

「看我的衣領有沒有完全摺下來。有時沒有摺好，領帶會露出來。」

她很快檢查一遍。「它沒有完全反摺。」

「幫我調整一下好嗎？我搆不太到。」

「沒問題。」她的語氣輕快，其實心情複雜，真擔心自己的手接近衣領上捲曲迷人的黑髮時，如何才能不去撫摸它們。

她抬起雙臂開始調整他的衣領時，他掀起襯衫下襬，拉下長褲的拉鍊。她的手頓時靜止，揚起眼睛瞧他。他的表情毫無異樣，逕自將衣服塞進褲腰，而手指節有點太頻繁地碰到她的腹部。

「有什麼事嗎？」他問。

「沒，沒什麼。」她吸口氣，連忙摺下他的衣領，將它完全拉齊拍平，此時拉鍊的聲音也傳進她的耳裡。她的手從他的肩膀滑下來，他也拉好了拉鍊。

兩人彼此相望，時間彷彿靜止在那一刻。

「謝謝。」許久他才出聲。

「我也要謝謝你，」他幽默地揚起眉毛。「幫我扣釦子。」她趕緊補充一句。

「喔，不客氣。」

兩人又再度陷入相望的魔法裡。這次凱嵐率先移開，轉身到衣櫃找鞋子。

耗掉幾乎與追著亞倫跑同樣的力氣，凱嵐的情緒終於恢復平衡，但淺藍內褲包著結實臀部的畫面依然經常出現。

在只招待會員的石油俱樂部午餐時，鮑爾夫婦對有那麼多人來向他們的女婿致意，留下了深刻的印象。連亞倫也似乎被俱樂部的環境所震懾，用餐過程中始終很守規矩，都不需要訓斥。

午餐後，睿甫載著岳父母去參觀他為凱嵐及亞倫打造的房子，他們驚訝得說不出話來。而後睿甫開著小貨車隨他們回去，整個下午都在整理和裝載凱嵐要搬走的物品。

「這小無賴今晚累壞了。」他們送亞倫上床時，睿甫拍著他的屁股說。亞倫的眼皮已經垂了下來，他的動物填充玩具有如哨兵般圍繞著嬰兒床。

「這樣最好，」凱嵐為兒子蓋上薄毯。「不然來到新環境的第一晚一定會哭鬧。」

「妳覺得他喜歡這個房間嗎？」

聽出睿甫的焦慮，她抬頭看到他的神色充滿真心的關切。「哪個小孩會不喜歡？」

她環顧以鐵路圖案為裝飾的兒童房，牆上畫的是故事書《歡樂小火車》裡小火車頭冒著縷縷白煙爬上山丘的情景。另一面牆是放有許多玩具的火車頭樣式的玩具櫃。天花板飾板下方六吋有一圈迷你軌道，打開開關，就會有一部載貨小火車叮叮咚咚駛出來，不時噴出白煙、嗚嗚作響地繞著房間跑。剛才亞倫一看就開心萬分地握住雙手，只是當他發現他碰不到小火車時，又挫敗地大皺眉頭。

她將目光轉向睿甫。「我是說有時小孩睡在陌生地方會害怕，不過亞倫顯然沒有這個困擾。」亞倫已微微打鼾。他們離開房間時，凱嵐舉手遮掩一個大呵欠。

「妳也累了。」睿甫搭住她的肩膀，強壯的手指已開始按摩她糾結的肌肉，神奇的大拇指按壓著繃緊的脖子底部。他靠近她，臉頰貼著她說：「想去泡泡熱水嗎？」

聽來恍如在天堂。此時此刻，比躺在冒著泡泡的熱水裡更美好的事，的確不多。

「我到水療池那邊等妳。」

但是跟睿甫分享如此激情的經驗，想必也很危險。

她離開那隻按摩的手。「如果你不介意，睿甫，我想直接上床。這個週末太過興奮，我快撐不住了。」

「好吧！」

她看得出他極力不讓失望表現出來。這個男人明知她依舊愛著別的男人，仍願意娶她為妻，她這樣的表現是否太沒有運動精神了？「除非你很希望我陪你。」她補上一句。

他不耐煩地搖頭。「不用，我知道妳累了。晚安。」

他用雙手托住她的頸後，以放在下巴的大拇指讓她微微後仰，然後將嘴結結實實地壓在她的唇上，分開它們，等待她的迎合。當她有了反應，他的舌頭便如一把柔滑的劍探入她的嘴裡。

那個吻火熱無比，將累積在他體內的熱情傾洩而出。他純熟的技巧點燃了她的慾望，到最後她簡直要發誓那小小的舌焰已蔓延到全身上下。

當他終於放開她時，她已被他吻得毫無力氣，癱軟在他身上。「晚安。」她的聲音嘶啞，邁開但願並沒有東倒西歪的步伐走向臥室。

睿甫坐在黑暗中，腳跟抵著陽台，有意無意地推著廊上的鞦韆。

一個驚嘆號最能概括他目前的心情。他將喝剩的威士忌往地面倒。他根本不需要酒精，不需要任何讓他的身體更燥熱、小腹更火熱的東西。

他需要的是凱嵐。赤裸的躺在他的身下，包覆那痛楚地渴望著她的部位。

他再度咒罵，使力將頭撞上懸吊鞦韆的粗鏈條，直到連痛楚都是好的。

她會有愛他的一天嗎？她會渴望他，像他渴望她那般嗎？到目前為止，他已完成計畫中的一切，她和亞倫已經住進他的屋簷下，分享他的生活，擁有他的庇護。

但她尚未跟他同床。她會回報他的愛嗎？

很有可能。

「然而，她若知道你是誰，就永無可能。」

婚前他就一直想告訴她，他就是那個鼎鼎大名的「浪子」，但他勸自己打消念頭，還是等有了婚姻的約束再說。

然後他又決定新婚之夜第二天一早便向她坦承事實，因為在經過一夜的繾綣，他們不僅已在法律上，也在身體上緊密結合。好一個如意算盤！

但新婚之夜泡湯不能怪他，不是嗎？

「不管怎樣，你現在也該告訴她了。」良心在和他爭論。

「是啊！我知道。」他大聲回答良心。

但該怎麼說？什麼時候說？什麼時機最適合他做以下的招供：「其實我們並非萍水相逢，這一切都是出自我的策劃，在見到妳之前，我已經知道我會跟妳結婚，給妳和妳兒子一個家。為什麼？因為我害死了妳丈夫，我覺得虧欠你們夫妻。『呃，不過，我是真的愛妳。』」

他把那句簡單的話重說一遍，從鞦韆上站起來。

等他告訴凱嵐他是誰後，她會相信他愛她嗎？拜託，當然不會，易地而處，連他都不會相信。

他將肩膀靠在牆上，站在陽台邊緣，視而不見地望著近處。

「我到底該怎麼辦？」他問夜色。

他知道只要耍點小伎倆，她就會向他的性魅力屈服。他太瞭解女人，知道她想要他，只要她肯對自己承認。但關鍵也在這裡，她必須肯承認。一旦他們上床（求上帝不要讓這事拖太久），那必須是她主動。他不願連這方面都要揹上佔她便宜的罪名。

「你必須告訴她。」他的良心毫不放鬆地嘮叨。

「但我必須先贏得她的心。」

他不急著在今晚或明天，甚至下星期告訴她。他可以一步一步來，在她明白他的愛之後，才告訴她。適當的時機出現時，他自會知道。

「萬一適當的時機始終沒有出現呢？」良心譏刺地問。

但他不想再聽。他的思緒轉向睡在他床上的女人，想像與她的髮色一樣金紅的沙流過細小沙漏瓶頸的景象。一次一粒沙，一次一個吻，一次一個愛撫，她的抗拒就會越來越輕、越來越小。

「妳的時間快用完了，凱嵐。」這沙啞的低語不是威脅，而是承諾。

「對不起，我遲到了。」凱嵐上氣不接下氣地由花店後門匆匆而入。她拚命想將懷裡的訂單、帳冊及目錄抱牢，但還是全部掉在地上。將東西堆到桌上後，她停下來喘口氣。她的頭髮被風掃得亂七八糟，而亞倫貼著她的上衣直流口水。

「給什麼事絆住？」柏絲甜蜜蜜地問。「早上發生意外嗎？」

凱嵐假裝沒聽懂她的雙關語。「妳簡直無法想像三個人忙著穿衣服、吃早餐、準備上路的場面有多混亂。」凱嵐往桌後的椅子坐下來，深深吸口氣。

柏絲大笑。「得了蜜月膀胱炎？」

「什麼？」凱嵐對坐到桌角，一臉熱切地湊到眼前的柏絲大皺其眉。

「哈，我很清楚妳今天早上為什麼會遲到。他有看起來的那麼

棒嗎？」

凱嵐假裝要撿掉在地面的紙張，而離開椅子。「誰？」

「誰？老天，凱嵐，妳剛嫁給誰？當然是睿甫。」

「喔，睿甫，」凱嵐隨口答道，故意背對她那鬼靈精般的朋友。「什麼那麼棒？」

「妳不說，是不是？」

凱嵐面對好朋友。「我的性生活？當然不。」

「為什麼？」

「首先，不關妳的事。再來，妳幹嘛想知道。」

「我就是想知道。」柏絲從桌上跳下來，隨凱嵐步入店面。「每一個電光石火的細節都想知道。」

「今天有訂單嗎？」

「他是狂野、激進、火力十足那一型的嗎？」

「我們這星期也許該更換櫥窗擺設。」

「還是緩和、悠閒、從容不迫那一型？」

「我沒聽見。」

「他會叫床嗎？」

「郵差來過沒？」

「他會說甜言蜜語嗎？我覺得他一定會。他說些什麼？」

「柏絲！」凱嵐喝止她連珠砲般的問題。「我們從中學二年級就再也沒聊過這種可笑的內容。」

「那妳把過程都告訴我。」

「我已經長大，妳怎麼還這麼幼稚？」

「妳跟理查第一次接吻時，還曾告訴我那是什麼滋味，這點至少可以說吧？睿甫的吻是什麼滋味？」

「無法形容。」凱嵐誠實地答道。「現在可以改變話題了吧？」

「還有一個問題。」

凱嵐嘆口氣，抱著雙臂，裝出一副不耐煩的模樣。「什麼問題？」

「他脫光衣服的樣子是不是帥得讓人無法呼吸？」

凱嵐吞吞口水。要是回答不知道，她無法想像柏絲會有什麼反應，於是只說：「妳覺得呢？」

柏絲從這一句就猜出來了。

II 　他們學習共同生活。凱嵐發現丈夫的睡眠時間極短，晚上喜歡當夜貓子，一大早起床卻又精神奕奕。而她一向最怕早起，無論前一夜睡了三小時或十三小時。睿甫學會早上多給她一些充裕的時間，直到她至少喝過第一杯咖啡。

　　他有將脫下來的衣服隨手掛在最近的家具上的習慣，看完的報紙到處亂放，喝完的空杯扔在桌上。但他也頗有自知之明，懂得打理私務，且會幫忙做家事。

　　婚後第一週，凱嵐為了不讓亞倫在睿甫身邊吵鬧不乖，差點沒有累斃。睿甫不習慣屋簷下有個小孩，她很擔心亞倫沒完沒了的活動和喧鬧會影響他。

　　但哪怕在亞倫最乖戾的時候，睿甫也從未露出一絲不悅。他與孩子的相處幾乎都是心理醫師所謂的「高品質時間」，從利用凱

嵐準備晚餐的時間陪他在陽台玩耍、讀故事書給他聽，到她忙不過來時幫他洗澡，無所不包。在父親的角色方面，凱嵐挑不出任何缺點。

至於丈夫的角色，他也沒多少可讓她抱怨的。他體貼溫柔，脾氣又好，夜夜將主臥室讓給她獨享，自己則睡客房。他總是大大方方當她的面換衣服，但他們經常不巧開錯門，撞見對方各種程度的裸體，因而嚇到對方，凱嵐每每為此心慌意亂，但睿甫似乎安之若素。

他的擁抱與親吻更是源源不斷，每個人都會以為他們是熱烈相愛的新婚夫妻。他常常伸出手臂由後面摟住她，摩挲她的脖子，不是讚美她的頭髮漂亮，就是皮膚美麗，或是身段姣好。他吻她從來不徵求許可，而視為理所當然。他的晚安之吻銷魂蝕骨，總讓她獨自關在臥室時咒罵自己是傻瓜。

「他是我丈夫，我不能剝奪他在婚姻上的權利。再說，如果和他在一起能減輕我的緊張不安，那何樂而不為？」

這時她就會拉開放著理查遺照的床頭櫃抽屜（至少她還不至於笨到不顧睿甫的感受，將照片公然擺出來）。她凝視那張心愛的面容，再次向他保證他會永遠活在她的心中，她絕不會背叛他的記憶，愛上別的男人，他永遠會是她「真正」的丈夫。

但她無法這麼輕易說服自己的身體。當她躺在偌大的床上，糾纏她的不是理查的臉，而是睿甫：他的笑容、他的頭髮、他粗獷而曬得黝黑的臉孔，還有他的吻。一切都是那麼清楚鮮明。

日子從數天漸漸累積成數星期，她體內的緊張與不安持續發酵，有如沸騰的茶壺即將爆發。

事情發生在一個特別不順利的日子，那天達拉斯的大盤商通知她們，「花瓣滿天飛」一直訂不到貨的玫瑰花已經船運抵達，她先

是和大盤殺了價，接著，竟和柏絲吵了一架，因為柏絲主動說要幫他們帶孩子，好讓凱嵐與睿甫到達拉斯飯店度個週末假期。

「我覺得妳需要出去透透氣，妳看起來像個忘記技巧的走鋼索藝人，」柏絲的觀察力非常敏銳。「我一直在擔心妳什麼時候會掉下來。」

「我很好啊！」

「妳有點問題，而我要找出究竟怎麼回事，哪怕我必須去問睿甫。」

「妳敢！」凱嵐大叫，猛然轉過頭來怒視好友。「妳少管閒事，柏絲。」

兇巴巴的話一出口，凱嵐立刻後悔，並隨即道歉，但接下來一整天柏絲都擺著一張臭臉。睿甫自告奮勇要去托兒所接亞倫回家，採購雜貨的差事便落在她身上。由於超市貨架重新擺設，她無法找到所有的東西，加上結帳的隊伍大排長龍，結帳的速度奇慢無比，她數度想扔下購物籃裡的東西一走了之。

回到家時，她已是身心俱疲。為了不想再折返車上，她將三大個購物袋一次提下來，搖搖晃晃踏上陽台往後門走。

迎面而來的景象，使她煩亂的情緒更是火上加油。睿甫手裡拿著一罐冰啤酒，悠哉地泡在水療池裡，而亞倫——

「亞倫！」她怒叫。「『這』是怎麼一回事？」

「這個嘛，」睿甫笑著說，尚未發覺她在發火。「叫做布丁畫。托兒所老師說他很喜歡，所以我決定讓他在家試試。」

她兒子坐在睿甫為他擺在陽台陰涼處的一張小桌上，從頭到腳糊滿又濕又黏的東西，凱嵐放心地發現那只是巧克力布丁。

　　謝天謝地他身上也只穿著紙尿褲。他用胖胖的雙手從大碗裡挖出一團布丁，砸在睿甫給他的一張防水厚紙上，亂抹一通，然後抬起手來舔著指間的布丁，顯然這已經不是第一個他發揮藝術天分並兼顧口腹之慾的舉動。他滿臉都是布丁，在巧克力布丁團後面對她傻笑，並唧唧咕咕地說話。

　　「我猜他大概是在說『小鳥』，」睿甫解釋道。「至少那是我建議他畫的題材。」

　　「他全身髒兮兮的！」凱嵐叫道。

　　她感覺怒氣有如溫度計的水銀往上竄。明知為這種小事發這麼大火，很不可理喻，但她就是控制不了那勢在必發的脾氣。

　　「反正洗得乾淨，」睿甫愉快地說，但眉間的∨型已越來越緊。「老師說這是對創造力很有幫助的訓練。」

　　「老師不必清理這團髒亂，」她氣得罵道。「你也不必，忙翻天的人是我。當你和那位老師湊在一起聊得那麼開心時，可有討論到這點？」

　　她大步走向落地窗，腳插進門縫，想將門推開，但因雙手抱滿東西，無法將門移動分毫。那些裝著液體食品的購物袋已開始塌陷，她無計可施。

　　最後她咬牙看向丈夫。「我很不願意打斷你的泡泡浴，睿甫，」她氣憤地用甜蜜的口吻說。「但至少你可以從熱水裡出來幫我一下。」

　　「本來我隨時都樂於效勞，凱嵐，可是──」

　　「噢，算了！」她吼道。「我自己來。」

　　他從水療池裡一躍而出，火冒三丈而且──

全身赤裸。

他的腳重重地踩在陽台的紅木地板上，每一大步都有一灘水。凱嵐生根似地杵在原地，即使他已走過來將她臂彎裡的購物袋一把拽走，拉開玻璃門的力道之猛，讓它們在軌道上搖晃了許久。對他的全裸且到處滴水絲毫不以為意，睿甫只暴風般捲進廚房，將三個購物袋摔在花磚流理檯上。

然後，他一手插腰，傲慢而好鬥地轉過身來面對她。若要替他臉上的表情加個說明，那就是：「小姐，這可是妳自找的。」

她氣自己搞出這種場面，更氣他害她如此，飛也似地奔進臥室，摔上房門，弄得一屋子的玻璃窗震天作響。

「我還被打進冷宮嗎？」

主臥室田園風的百葉窗後暮色深沉，泛著紫光。凱嵐雙膝縮到胸前側躺著。用力哭了一場後，她已沖過澡，換上睡衣。她把床單拉到腰際，雙手合掌壓在臉頰下。

她微抬起頭。睿甫在門口張望，彷彿擔心要是進入房間會被飛過來的東西打到。

「沒有，對不起。」

他走進來，身上只穿了條短褲，凱嵐先閉上眼睛，再躺回枕頭上。他裸體的模樣清晰地印在她的腦海裡：濕透的全身、從胸前的毛髮森林淌落的水流被從枝葉射下來的陽光照得銀光閃閃、腹部一塊塊堅硬的肌肉、修長的手腳，以及偎在濃密毛叢中驚人的性器官。

她悔恨地痛哭了一場──為她注意到他的雄壯非凡而悔恨；為她不管再怎麼下決心卻依然想要他而悔恨；也為她拒絕了他這麼久

而悔恨。

此刻她感覺床墊被他的重量壓沉，他在她身後躺下來，曲身繞著她。他的手指梳過她的頭髮，撩起臉頰上的髮絲，一一放在枕頭上，動作十分柔和。

「今天不順利嗎？」

「爛透了。」

他低聲而笑。「難怪妳沒有心情迎接兒子的藝術表演。」

「我也沒有心理準備迎接你像個男性維納斯般從水療池冒出來。」「對不起，是我大驚小怪。一堆事情造成的結果。」

他支起右肘傾向她，食指在她的臉頰上劃著。「現在妳知道我為什麼沒有馬上跳出來幫妳提東西。」

「是的。」

「我沒想到妳會這麼早回家，否則我會提早出來，幫亞倫洗澡和準備晚餐。」

「這絕對不是你的錯，睿甫，是我不對。」她嘆氣。「我不太舒服──」

「怎麼回事？」他立刻緊張起來，在她背後的身體也跟著繃緊。

「沒什麼。」

「一定有。妳病了嗎？」

她抬抬頭，然後意有所指看著他。

「噢，」他有點懊喪。「那個。」

「是的，那個。」她躺回原來的姿勢。

「什麼時候？」

「我進門才發現。我早該知道，難怪一整天脾氣都不好。」

「妳已得到原諒。」他小心地觸碰她，將手放在她腰部彎曲的地方。「會……痛嗎？」

「有一點。」

「有沒有吃藥？」

「吞了幾顆阿斯匹靈。」

「有用嗎？」

「多少吧！」

「不是很有用？」

「是啊！得等它自己慢慢緩和。」

「原來如此。」

他慢慢地拉下床單。她穿著細肩帶的短睡衣，裙襬繡著白色的花草，輕薄的白色質料讓他想到他最昂貴、細緻的手帕。睡衣下依稀可見白色底褲的輪廓。她看起來嬌弱而純真，一副我見猶憐的模樣，他的胯下開始因慾望而疼痛。

他再度撫摸她的腰，她沒動。他緩緩地用手掌按摩，給她時間表示反對。但她沒有反對，於是他用溫暖的掌心壓在她的下腹部。「這兒？」

「嗯……」

他用手掌慢慢轉圈子，按摩她的小腹。「好些了嗎？」

她點點頭。

「可憐的寶貝。」他愛憐地吻她的鬢邊。

她嘆了嘆，睡眼惺忪地閉上眼睛。「睿甫。」

「什麼？」

「你曾經跟女人一起生活嗎？」

他手一停，但輕微到幾乎無法察覺。「沒有。為什麼這樣問？」

「那你怎會知道這些？」

「我只知道我很慶幸不必每個月受一次折磨。」

她微笑，但沒睜開眼睛。「典型的男性反應。」

「但很真實。」他輕咬她裸露的肩頭。

她並無意移動雙腿，但下意識在使喚它們，讓它們自然地伸展並拉直開來，便於他撫摩她腫脹而絞痛的小腹。

「你和亞倫吃過晚餐了嗎？」

「跟時鐘一樣準時的吃了。」

「你怎麼做？」

「這個，」他的腿滑到她的腿後，膝蓋相嵌，腳趾貼住她的腳心。「首先我用水管沖淨他全身的巧克力布丁。」

她笑起來。「對了，我不反對他做布丁畫。他顯然玩得非常開心，換別的日子我可能會換上泳衣陪他一起玩。」

「現在我們兩個都知道妳有權利發脾氣。」

「我不該對你吼叫。」

「我覺得亞倫老師的想法不錯，所以我才和她『湊在一起閒聊』。妳說這句話的口氣好像在吃醋。」他的嘴找到她的耳朵，以舌頭愛撫耳垂。「它好軟，有點毛毛的。」

「繼續說啊！」她微喘地催促。

「我忘了我說到哪裡。」

「你……你……嗯……用水管沖洗他。」

「對了，然後餵他吃晚餐。」

「他吃什麼？」

「他最愛吃的。」

「熱狗？」

「是的。」

「還是不肯吃麵包？」

「那當然。」他吻她的脖子，她輕聲呻吟。「明天早上我們樹林裡的小鳥就有三份熱狗麵包當早餐，希望牠們喜歡芥末口味。」

低沉的笑聲從她的喉嚨發出來，她不清楚是被他的笑話逗笑，還是被他在將她的頸子當珍貴瓷器般輕吻的鬍髭扎得發癢。「你有沒有——」

「我知道妳要問什麼，我有。我看著亞倫吃下每一口熱狗，而且有咬碎。」

「謝謝。」她的嘴搜索他。

「不客氣。」他的雙唇尋獲她。

熱吻宛如兩條極短的引信爆出火花。他飢渴地碾壓她的嘴，她則開啟雙唇迎接他的舌頭，身體隨著頭部翻轉過來，與他面對面。

她用雙臂環住他的肩膀，胸尖從睡衣下挺出，觸及他毛茸茸的胸膛。他將她壓下去，一半的身體覆蓋住她的一半。

「凱嵐，妳——」

「睿甫，我——」

「什麼？」

「睿甫，怎樣？」

床上發出各種聲響：歡愉的呻吟、床單的廝磨、咻咻的喘息、喜悅的耳語，種種纏綿繾綣的音韻。

他一雙手貪婪而急切地到處摸索，一下撫碰她的腿，一下抓住她的小腿，然後以指尖劃過她纖細的鎖骨，接著覆住她的乳房。

「哦……」她拱起背部，中斷他的吻。

「怎麼了？」

「它好敏感。」

「喔，是因為……那個的緣故？」

「是啊！」

「對不起。」

「不，其實……很舒服。」

「真的？」

「是啊！」他再度溫柔愛撫，她不由得輕嘆。

「喜歡嗎？」

「喜歡。」

「乳頭呢？」

「也是啊！」

「告訴我，如果——」

但他無法把話說完，因為她用手穿過他的頭髮，按下他的頭，

又展開一個貪婪狂熱的吻。

這個吻結束，他低下頭從她胸脯一側熱烈地吻到另一側，吻遍全處。他用雙手托住她的肋骨，挪動身體下面的她，膝蓋叉開她的雙膝。她的睡衣被推到腰際，他堅實的腿塞在她的雙腿之間，她跟著動，繞圈、磨擦，觸及要害。

「該死！」

他趴到她身上，在她耳畔的喘氣聲有如颼颼狂風，從兩人胸部緊壓處可感覺到他猛烈撞擊的心跳。他強壯的雙手捧住她的頭，發燙的臉埋在她的髮間。

「不要動，親愛的。」

「怎麼了？」

「請妳不要動，我的愛，」他呻吟道。「靜止一分鐘。」

她靜止下來。數分鐘後，他才慢慢抬起頭來，臉上的表情甜美且充滿愛憐，鬍髭一角往上彎，懊惱地笑起來。「妳不知道嗎？我居然在最不恰當的一晚，讓妳來到我最想要妳來到的地方。」

她窘迫地移開目光。他吻吻她的臉，翻身離開床舖，然後彎腰用手心按在她發熱的臉頰上。「妳還好吧？」

她沒問題，只是下半身有著惱人的痛楚，而且跟月事的不適無關。「我覺得好多了。」她空洞地說。

他站直身來，彆扭地將身體重心從一腳移到另一腳，用手指梳開額前的頭髮。「妳沒吃晚餐，會餓嗎？」

「不餓。你吃過沒有？」

「吃了一點。我沒事。」兩人互看一眼，隨即移開視線，同時間都覺得經過前一刻的激情交流後，這樣的對話很不知所云。「好

吧！那我不打擾妳。晚安。」

他轉身走向房門。背部平滑的皮膚下肌肉起伏，短褲裹住臀部。

「睿甫？」

他轉過來。「什麼事？」

「你……」（不要打退堂鼓，妳已跨出這一步。）她將自尊與正確的判斷力嚥回去。「你不必離開。」

睿甫望著妻子，她用手肘支起身體，睡衣繡花的裙襬縮到腿上，凌亂的頭髮彷彿金紅色的絲簾披在肩上，被他吻得濕潤的雙唇呈現櫻桃色，睡衣也留下親吻的濕漬，貼在胸前，明顯透出乳尖的形狀，形成一個粉紅的漩渦。

他苦著臉，冒汗的掌心在短褲兩邊摩著。「不行，我得離開。否則……」

如果他再一次觸碰她，那就沒有任何力量能阻擋他行使婚姻的權利，解決激烈的慾望。他不是吹毛求疵的人，但第一次做愛，他絕不希望她的情況是尷尬又不舒服的，也不希望造成任何事後懊悔的遺憾。

「但我希望妳記住這個想法。」他低聲地說完隨即離開房間。

隔天早晨凱嵐小心翼翼地走進廚房，亞倫已坐在高腳椅上，睿甫則正忙著翻動平底鍋裡滋滋作響的培根。

「早啊！寶貝。」她傾身親吻亞倫，他則可愛地將一片濕的培根甩在她的鼻子上。「太謝謝你了。」她低聲說。

「再不讓他起床，床上的彈簧要被跳到斷掉了。」睿甫拿起平

底鍋走過來。

「謝謝你照顧他。」

「非常榮幸。」

他輕輕搭住她的腰，將她拉近，給了她一個結合刮鬍水的芬芳及刷過牙的清香的早安之吻。凱嵐不介意他吻久一點，但他只飛快再親她一下，即說：「坐下，妳一定餓壞了。」

她著急地看鐘。「我得趕快，我睡過頭了。」

「不急。我已經打電話給柏絲，要她別指望妳今天早上能準時上班。亞倫的學校也知道他十點才會到校。」

他將一盤培根及自製的蛋餅放在她面前，讓她大為垂涎。「我餓死了。」

「其他的地方還好嗎？」他俯身伸手摸她的腰際。「小肚肚呢？」

「好多了。」

「這裡呢？」他按著她的胸脯，用大拇指和食指捏弄乳尖。

她幾乎無法呼吸，只能微喘地答道：「很好……我是說好多了。」

「那就好。」他吻吻她的頭頂，在她對面坐下。在她手忙腳亂地鋪餐巾、竭力回想該怎麼使用刀叉時，他為亞倫在蛋餅上抹奶油，然後將盤子放在高腳椅的餐檯。「童子軍，進攻吧！」

亞倫狼吞虎嚥的吃相逗得他們哈哈大笑，凱嵐說：「我們得開始教他一些用餐禮儀。」她忽然發覺現在她經常使用「我們」這個字眼，將睿甫包括在內。她抬眼看他，他溫馨的神色將她淹沒在暖流中。

「睡得好嗎？」他問。

她留意到他的手指修長而強壯，幾乎無法塞進馬克杯的把手，然而當它們撫摸她的身體時，像剛剛那樣，卻又那麼輕盈、溫柔。要將一口蛋餅吞進緊縮的咽喉實在不容易，吞下後她答道：「非常好。」

夜裡她夢見了他，然後冒著汗醒來，心兒怦怦直跳，呼吸又急又快。至少現在她能夠滿足柏絲的好奇心，毫不誇張地告訴她睿甫脫光衣服的樣子的確好看得讓人無法呼吸。

「我昨晚睡得不好。」他說。

「真是遺憾。怎麼回事？」他真的讓她無法呼吸，當他從水療池出來，他的胸膛和大腿──

「因為太硬了。」

凱嵐的叉子鏗然掉在盤子上，她伸手想拾起，又撞倒柳橙汁。

亞倫指著翻倒的柳橙汁喊：「啊──噢！啊──噢！」

睿甫推開椅子，衝去拿抹布，擦乾流了一桌的果汁。「我說的是客房的床。」

「什麼？」凱嵐轉過頭來，只見他一副想笑的樣子。

「床太硬了。」

她滿臉通紅，幸好此時電話響起，免除了她的窘態。睿甫去接電話。

「爸！」他叫道。

凱嵐將亞倫抱在膝上，他已將蛋餅一掃而空，一邊讓她親著一邊伸手去抓她盤上剩餘的東西，他將兩者一起吃光。她望向睿甫，只見他對著話筒笑容滿面。

「好啊！沒問題，什麼時候到？多久？只能這樣？好吧！總比沒有好……好的，我們恭候大駕。再見。」他掛斷電話。

「你父親？」

「他今天要搭機來和我們共度一個晚上。沒問題吧？」

「當然，我知道你很遺憾他沒能趕來參加婚禮。」

「我希望他能來見見妳和亞倫。他只能逗留一晚，馬上就要趕到洛杉磯處理一個案子。」他將一片培根丟進嘴裡，大口地嚼起來。「我想開車載他到城裡繞一繞，看看我的工地。妳知道我們父子——哎，抱歉，我不是得意忘形。」

其實她很喜歡看他如此興奮的樣子。「繼續說啊！」她敦促道。「你剛才要說什麼？」

「以前我們並沒有處得很好，直到我發生意外。」

「他希望你成為律師？」

「而我另有主張。但在我住院期間，我們已取得共識，現在情況非常理想。」

她真誠地微笑。「你準備開車到達拉斯接他嗎？」

「如果妳不介意。他已告訴我飛機班次，我想我們可以一起進城用餐。」

「亞倫也要去嗎？」她憂慮地問。

「亞倫當然要去，他是家裡的一份子。」他從她臂彎裡一把抱起亞倫，高高舉到頭上。亞倫樂得尖叫。「爸爸喜歡義大利菜，」他說了達拉斯一家著名餐廳。「我打電話去訂位好嗎？」

她很不願意潑他冷水，但他顯然不知道帶著十五個月大的小小孩上高級餐廳用餐有多煞風景。「我不知道這是不是好主意，睿

甫，餐廳可能不歡迎這麼小的孩子。」

「嘿，如果他們不歡迎我們的孩子，那我們就換家餐廳。」

家族經營的餐廳上自經理下至洗碗工，沒有一個不被這三個男人迷倒，那就是喬治、睿甫及亞倫。凱嵐只是白操心，因為睿甫在訂位時已私下囑咐過餐廳經理，所以他們抵達時，餐廳員工早已有所準備。

在混亂的機場初次與公公會面的過程，超乎凱嵐預期的順利與愉快。剛開始亞倫對這位滿頭銀髮、長相威嚴的長者顯得有些害羞，但後來就好多了。

睿甫刻意安排一老一少坐車後座，抵達座落於達拉斯著名社區溪龜的餐廳時，爺孫倆已經成為好朋友。事實上，是喬治抱著亞倫進餐廳將孫子介紹給每個人的。

「睿甫說我見不到妳的父母。」返回建德樂途中，喬治說。

「昨天我們剛收到他們從黃石國家公園寄來的風景明信片，」凱嵐答道。「他們正在享受退休生活。」

她告訴喬治她和睿甫結婚後的幾天，她的父母隨即賣出舊屋，一些凱嵐不需要的家具全都拍賣出去。睿甫協助克里夫買了部切合他們需求的汽車房屋，梅格歡天喜地布置一切，興奮得像個剛買了新玩具屋的小女生。兩星期後他們就上路了。

「她非常想念她的父母，」睿甫揶揄道，從前座伸手拉一下凱嵐的頭髮。「他們把她寵壞了。」

「你也一樣。」

他猛然轉頭看她，連她都很吃驚自己說出這句話，但這是肺腑

之言。睿甫轉頭看看擋風玻璃，確定路況沒有危險，隨即又轉頭看凱嵐。

「我喜歡寵妳，那是我想做的事。」

兩人一直彼此凝視，直到喬治大聲咳了咳說：「我不知道你怎樣，亞倫，不過我開始覺得我像個電燈泡。」

回到建德樂時，黃昏的天色尚明，睿甫帶著喬治參觀建築工地。凱嵐留在車上，望著他們在幽暗天空下走動的身影。亞倫被睿甫扛在肩頭，跨坐在他的肩上，那景象令凱嵐覺得辛酸。

「扛著亞倫的人應該是理查。」凱嵐低語，淚水刺痛了雙眼。

她流淚是因為無法說服自己。如果應該是理查，為什麼她兒子充滿信任地抓住睿甫黑髮的畫面看起來那麼和諧？為什麼見到睿甫小心地放下亞倫，毫不保留地給他熱愛的擁抱，她的心會這麼痛？又為什麼她會渴望那雙強壯手臂擁抱她？

喬治對睿甫建造的房屋甚為欣賞，也對他讚不絕口。凱嵐送兒子上床，又和喬治打了個照面，即告退回房，讓父子倆有機會獨處。

「我的小腿多了塊五毛錢大的瘀青，」喬治說。「我提到你在海軍陸戰隊工作時，你在桌下踢我一腳，有什麼特別理由嗎？」

睿甫慶幸當時凱嵐正忙著為亞倫擦拭嘴上的通心麵醬，沒聽見他父親席間的失言。「我不想讓凱嵐知道，她不清楚我受傷的原因。」

「完全不知道？」

「是的。」

「嗯。」

睿甫太瞭解父親，知道「嗯」地一聲絕不是隨便的反應。「你談戀愛和結婚的速度超快，不是嗎？」

「很奇怪嗎？」

「在你身上，是的。」睿甫銳利地看父親一眼，後者微笑。「你的風流史連你老爹都有耳聞，這場突如其來的感情和你的個性不合。」

他們坐在陽台舒適的躺椅上，喬治抽著醫師建議他戒掉的雪茄。睿甫很高興幽暗的夜色遮蔽了他不自在的表情。這個話題讓他不自在。「我愛她，爸。」

「看到你們相處的情形，我不懷疑，只是奇怪昔日同儕口中的『浪子』會愛得這麼深、這麼快。」

「我愛上她已經很久了。」睿甫幾乎是耳語地說。

喬治在指間轉動雪茄，凝視燃亮的菸頭。「她跟你在醫院裡一直看，且片刻不離視線的那些信，不會有關係吧？」

睿甫早該明白。任何枝微末節都逃不過精明幹練的父親，在他的觀念裡，天下沒有所謂無關緊要之事。睿甫起身走到陽台邊，斜倚著牆壁，凝望漆黑的夜色，如同數星期前他苦思如何告訴凱嵐他是誰那樣。「爸，我要告訴你一個你會很難相信的故事。」

當他說完事情始末，隨之而來的是一段悠長的沉默。最後，喬治終於開口：「我發過誓再也不干涉你的生活，睿甫，但你這是在玩火。」

「我知道。」睿甫承認，轉過來面對父親。

「你想這位小姐一旦知道真相會有什麼反應？」

睿甫垂下頭，雙手插進長褲口袋。「我不敢想。」

「哈，你最好想一想，」喬治警告道。「因為她早晚會知道的。」他站起來，將雪茄在睿甫遞給他的煙灰缸裡按熄，一手搭到睿甫肩上說：「但誰知道？說不定會皆大歡喜，如果你夠愛她。」

「我是。」

「她愛你嗎？」

睿甫猶豫不語，目光投向幽暗的主臥室窗戶。「我覺得她會，只要她逐漸習慣生活裡有我。可惡，我不知道。」

喬治不禁微笑。當他慈愛的眼神落在兒子的黑眼罩時，他再度想起兒子在他心中是多麼珍貴，而他曾經差點失去他。雙眼濕濡的父親，一把拉過兒子，短促但用力地擁抱他。「你吃過那麼大的苦，兒子，你有權利過快樂的生活。」

「不，爸爸，」睿甫在父親的肩上粗聲說。「她吃過那麼大的苦，她有權利過快樂的生活。」

不久，父子倆彼此道晚安後，喬治緩步走向睿甫放置他行李的客房。

睿甫像個被叫到校長室的小男生，用那種拖拖拉拉、不甘不願的步伐走到主臥室門口。他的胃像在抽筋，心臟猛烈撞擊。

他到底有什麼問題？他是在雀躍她會歡迎他同床，還是害怕她會拒絕他？

害怕一個不過五十公斤的女人？少荒謬了。

「那你幹嘛像個驢蛋杵在這裡，呆望著房門、胃部打結、心臟狂跳、手心冒汗，而胯間……」

「老天，不，不要想到胯間。」

他的膝蓋真的在發抖嗎？為什麼？

他是個大男人，不是小男生。這是他的家，是他出的錢、蓋的房子，他有權隨興睡任何房間。

何況她是他的妻子，不是嗎？沒錯，過去數星期，他的確太寵她，在她身邊小心翼翼、躡手躡腳，做的每一件事、說的每一句話無不為了討她歡心，避免讓她不快。

他將她家的舊鞦韆安裝在陽台給亞倫玩耍時，她不是很開心嗎？他造了那座沙箱，她不是很開心嗎？當他們在沙箱裡裝滿柔細而冰涼的沙子後，他慫恿她玩搔癢比賽，她不是開懷大笑嗎？角力比賽結果出爐，她不是回吻了他？

沒錯，她是！拜託，「浪子」可不是浪得虛名。

但不管是那個吻或其他的吻，只要她不想要，他就不再繼續。為了贏得芳心，他像個馬屁精，夾著尾巴在她身邊兜來兜去，直搞得自己痛苦萬分。夠了，該表明他才是當家做主的人。老天在上，他總有點權利吧！

那扇門在他手下撞開又砰然關上，凱嵐從床上猛然坐起來，揪著床單壓在胸前。「睿甫？怎麼了？發生什麼事？」

「沒發生什麼事。好吧！告訴妳發生什麼事，」他咆哮道，用理直氣壯武裝自己，大步走進臥室。「我爸爸睡在客房，所以今天晚上，路爾太太，我們必須一起使用這張床。」

I2　「好的。」

她輕聲細語的同意，瞬間將他的武裝化為無形，原先充了氣般的火爆模樣癟得跟蛋白奶酥一樣平。他轉轉肩膀力圖振作。「那就好，」他短促地說。「很高興妳能理解。」

不知怎地，她溫柔、體貼的態度只惹得他更火大。他不需要她施恩，哼，完全不需要！

他又拉又扯、又扭又拽地脫衣服，一件件從身上扯開來，隨地亂丟，四處散落。脫到只剩一條底褲後，他掀開床罩，雙腳伸進床單之間，猛捶枕頭幾拳，然後躺了上去。

「晚安。」

「晚安，睿甫。」

他轉身背對著她調整舒適的睡姿，活像童話故事裡壞脾氣的巨人弄得整張床地動天搖。

「看吧！這不就給了她一個下馬威！」

但如果是這樣，為什麼他渾身僵硬、慾火中燒？為什麼他那顆愛得發痛的心無法緩和下來？

凱嵐醒來發現他凝視著她。他側躺著，頭髮亂七八糟的頭枕在彎起的手臂上，靜靜看著她。他身上唯一有動作的部分是那顆碧綠的眼珠，在她的頭髮和臉龐上一寸寸游移，細細瀏覽。

她沒發覺自己伸出了手，直到它進入視線。她輕輕碰觸那只黑眼罩。「你從來不把眼罩拿下來。」

「我不希望妳看見它。」

「為什麼？」

「因為很醜。」

「我不介意。」

「好奇嗎？」

「不是好奇，而是惋惜，我一直在想你的眼睛這麼漂亮，失去一隻實在可惜。」

「我很慶幸還留下一隻。」

「這還用說。」

「單單為了這一刻，給我世上任何東西也比不上能這樣看著妳的臉。」他的嗓聲因激盪的感情而沙啞。

凱嵐的喉嚨緊縮，覺得想哭。她的手從他的眼罩往下移到鬍髭，指尖輕輕劃過去，接著撫觸他的上唇。

睿甫的氣息卡在喉嚨裡，胯下充滿火熱的感覺。

她從未碰觸過他的臉,此刻盡情地摸索。他結實、黝黑的臉龐骨骼分明,眼窩上的眉骨稜稜凸出,翼狀的雙眉平整而濃密,下半張臉佈滿星星點點剛冒出的鬍渣。他的鬍髭出奇地柔軟,令她愛不釋手。她以指尖慢慢地劃著他的下唇。

「小心,凱嵐。」

她稍稍收回指尖。「為什麼?」

「因為我躺在這裡渴望妳已經七個小時。懂我的意思嗎?」她點點頭。「妳這時碰我不大聰明,除非……」

他言猶在耳,但他們都瞭解那個意思。

屋外,燦爛的陽光已從茂盛的枝葉間篩下來,在合攏的百葉窗投下搖曳的影子。鳥語啁啾,松鼠在高高的枝椏上彼此追逐,紅雀與藍鳥宛如羽毛豔麗的箭矢在林間穿梭飛翔。

臥室裡彷彿看似沒有動靜,其實隱含能量,激情猶如大西洋的巨浪在兩人之間氾濫,渴望強烈到摸得出來。假如情慾是看得見的東西,那麼此刻他們四周的空氣必是一片炫目的金紅光焰。

凱嵐的身體雖不像他有那麼明顯的慾望反應,但同樣飽受折騰。此時此刻她唯一想要的就是放任自己的需求,去撫平它、填滿它,徹底地滿足它。

她再度觸碰他的下唇。

一個飛快的動作,他抱住她,將她壓在身下,火熱而飢渴地吻住她的嘴,而他勃然硬挺的性器官則尋獲她女性的中心點,鍾愛而熱情地與之磨蹭。

「天啊!我想要妳。」他拚命摸索她睡衣的裙襬。而她用雙手

拉扯他底褲的鬆緊腰帶，伸進一隻手去撫摸他繃緊的臀部。

　　他的嘴在呻吟中找到她的乳尖，一口含住，一面享受與她光滑的底褲及它所約束的部位磨擦的快感。她輕喚他的名字，抬起雙膝，他的手指滑入她底褲的腰際。

　　房門突然被一陣小颶風般的力道撞開，亞倫跑進臥室，嘴裡喋喋不休，與屋外的藍鳥及松鼠一樣聒噪。

　　一股氣息從睿甫的體內長長地呼出來，釋出胸腔裡的壓力，他用額頭抵著凱嵐，希望胯下的壓力也能如此輕易地鬆開來。笑聲開始在他的體內深處捲起，經由貼在凱嵐嘴上的雙唇衝出來。「等一下提醒我罰他不准說話。」

　　凱嵐同樣感受到情慾壓抑的莫大折磨，她嘆著氣將臉埋入睿甫溫暖的頸間。「如果我沒有先罰他。」

　　睿甫從她身上翻下來，但依然將她擁在臂彎裡，兩人一起轉頭看向亞倫。

　　「一定是他慈惠縱容他的爺爺把他從嬰兒床裡放出來。」睿甫研判。

　　深知大人對他的鍾愛，亞倫站上舞台為他們表演最拿手的滑稽動作。大人的笑聲越發鼓勵他，他憨笑著開始慢慢轉圈子，不理會他們警告他這樣做會頭暈，反而越轉越快，最後終於轉到昏眩，他伸手想拉住什麼以免跌倒。

　　他抓到床頭櫃抽屜的把手，但實在暈得站不住而被重力拖倒，臀部重重地跌坐在地毯上，將抽屜也一併地拉出來，掉在腿上。

　　他並沒有受傷，但目睹他避免不了的跌倒，兩個大人還是反射般坐起來。亞倫有點嚇到地看他們，然後低頭瞧著腿上的抽屜。

抽屜裡只有一面八乘十吋的配框相片，相片中是個身穿制服的海軍陸戰隊員。亞倫用雙手拍打那不反光的相框玻璃說著：「拔拔，拔拔。」他對他的觀眾微笑，期待他出色的演出博得喝采。

那雙原本輕鬆而充滿愛憐地擁抱凱嵐的手臂，變得像鋼鐵般堅硬，並逐漸鬆開，雙臂的溫暖一點一點地離開她。然後一個猛烈的動作，睿甫從床的另一端翻下去，拾起昨夜扔在地板的長褲，腳伸進去，一邊用力拉上拉鍊一邊大步走向房門。

「睿甫，別這樣！」

他猛然轉身，打著赤膊光著腳，怒氣沖沖。他的下顎在憤怒中凸起，眼中閃著冷光直視著從床上坐起來的女人。她的頭髮散亂，臉色蒼白，雙唇顫抖，滿眼懇求。

「我不是替代品，」他怒吼。「只要妳心裡還有別的男人，就沒有我存在的空間。」他斬釘截鐵地說，強調似地點個頭，隨即衝了出去。

「是蘭茵打來的電話，」凱嵐用手捂住話筒說道。「她邀我們勞動節到湖邊野餐。想去嗎？」

距喬治來訪已經過了一個星期，這是凱嵐這輩子最難熬的日子。家裡的氣氛緊張得有如廢紙窸窣作響，隨時會著火燃燒。擔心引發大火，但又不知會是什麼事引發大火，那種感覺實在令人不安到極點。

睿甫沒有發過一次脾氣，也從未提高嗓門，如果他生氣罵人，凱嵐反而高興。但他沒有，而是像一團陰沉沉的雷雨雲，不斷醞釀，但就是不爆發。那團雷雨雲當空罩頂，凶險恐怖，教人提心吊膽。

他一如往常對她以禮相待，但再也沒有感情的流露，除非必要，幾乎不碰觸她。他對亞倫依舊疼愛有加，對她則是疏離而平淡。

「這正是我一開始所期望的情況。」每當她渴望他燦爛的笑容……或意味深長的眼神……或一個碰觸……或一個親吻時，她便趕快這樣提醒自己。

此刻在她的詢問下，睿甫不置可否地聳個肩。「由妳決定，妳想怎樣就怎樣。」

她沮喪地看他一眼，他不理會，低頭繼續去拼那幾片特大尺寸的木頭拼圖，一個晚上他耐心十足地陪亞倫玩了起碼十回。

她不能對蘭茵含糊其辭，總得給個答案。但要說什麼？韓斯夫婦是睿甫的好友，無論睿甫怎麼說，她都肯定他會想去。至於蘭茵則太機靈，一定會識破太爛的理由。出門到湖邊消磨一天，或許對大家都有好處，或許能化解一些緊張。

「蘭茵，我們很高興過去，」她從眼角瞥見睿甫抬頭看她一眼，但立刻轉向亞倫。「我要帶什麼……？不不，我堅持。」

德州九月的第一個星期一，永遠是萬里無雲、暑氣逼人。這個勞動節和過去完全沒有兩樣。

「凱嵐，他們來了。」睿甫在前廊上高喊。他已將裝備搬到前廊，和亞倫站在那裡等候。韓斯夫婦建議路爾一家全部搭乘他們的箱型車到湖邊，因為車廂空間足夠容納兩家人及所有野餐物品。

「來了。」凱嵐繞屋查看門窗是否鎖好，及她是否漏帶任何必需品。她走到前廊時，睿甫與泰德正往車後座搬東西，而蘭茵將亞倫抱在膝蓋上跳上跳下。

「嗨，凱嵐，到車廂裡來，還有位子。」蘭茵露出假日的昂揚精神。

驅車前往湖邊途中，泰德取笑凱嵐的大批行頭。「早知道妳會帶這麼多東西，我就租一輛大拖車。」

她懷疑韓斯夫婦是否注意到她跟睿甫儘管和他們談笑風生，但彼此卻甚少交談。

睿甫穿了條褪色的短褲，一雙早就可以扔掉的慢跑鞋，及一件剪掉袖子的灰色運動衫；他還將運動衫的領口也剪得大開，所以參差不平的v字領下出現一片毛茸茸的黑色胸膛。

凱嵐束馬尾，穿條舊短褲，比基尼泳裝的外面套一件搭配的襯衫，下襬繫在腰際，敞開的襯衫隱約可見裡面的泳衣。幸好她並未刻意打扮，因為等他們抵達湖邊時，她已被亞倫搞得一團糟，他也染上韓斯家小孩假日的亢奮情緒。

他們在湖邊找到一處大家都覺得理想的草地，開始卸貨。忙完之後，睿甫慶祝似地從攜帶型小冰箱裡拿出一罐啤酒，三大口一飲而盡。

當凱嵐因蘭茵的建議，脫掉襯衫穿比基尼曬太陽時，睿甫又灌下另一罐啤酒，試圖澆熄腹部的慾火。

他們陪著孩子到水邊，亞倫開心地猛潑冰涼的湖水，而且非把媽媽潑得一身濕才滿意。她的乳尖受涼而挺起，睿甫含糊說了個理由，轉身又走回野餐地點去拿啤酒。

他拿了一罐到湖邊給凱嵐，她接過啤酒時，無意中碰到他的手。當她往後仰頭喝啤酒時，他真恨不得張嘴咬住她裸露的頸部。

他和泰德陪孩子們在淺水區嬉戲，蘭茵與凱嵐則游到那座浮在較深水域的船塢。睿甫望著她的雙臂在水波中揚起優美的弧形，看

著她爬上梯子站著朝亞倫揮手，苗條的身段在夏日的天空下形成美好的剪影，水從小腹直流下來。

「我去去就回來。」睿甫再次咕噥。

「這次你要上哪兒？」泰德遮著眼睛上的陽光，抬頭看睿甫。

「我，呃，亞倫想吃餅乾。」

他抱起已心滿意足地在兩個膝蓋塗滿泥巴的亞倫，走回箱型車邊。亞倫啃餅乾，而睿甫灌啤酒。

在吃了一頓足可餵飽一支西部篷車隊的午餐後，孩子們在陰涼處睡午覺。等他們睡醒，一行人步行到棒球場。一年一度「皮膚對襯衫」棒球比賽是當地商界的傳統活動，任何想參加比賽的人均可攜帶自己的球具到球場，然後分組比賽，穿衣服的一隊，打赤膊的一隊。

睿甫雖只有一隻眼睛，而且微跛，但經年累月的復健與每日持續不懈的運動使得他的體能極為優良，遠超過那些四肢不勤、至少累積了十五公斤贅肉的上班族。

第九局他踏上打擊位置時，凱嵐緊張得咬食指關節。他和泰德所屬的「皮膚隊」落後三分，此時壘上全數有人，已有兩人出局，現在全看睿甫表現。他扭轉乾坤，敲出一支滿壘全壘打。

凱嵐與所有為「皮膚隊」喝采的觀眾一樣狂喜。睿甫接受隊友熱烈的擁抱，然後和泰德小跑步回到家人身邊。

「你真是太厲害了！」蘭茵興高彩烈地對睿甫說。

「嘿，那我呢？」泰德假裝自尊心受傷般問。

「你也一樣。」蘭茵摟住丈夫的脖子給他一個響亮的吻。

「我差點無法呼吸。」凱嵐興奮地笑道。她抬頭對睿甫微笑，

臉沐浴在陽光下，雙眼微瞇抵擋刺眼的陽光，但睿甫可以從兩排濃密的睫毛裡看到它們閃閃發亮。她以雙手緊按胸口，彷彿克制著喜悅。

「只是運氣好。」他謙虛地說。

兩人遲疑地相互走近一步，停下來，然後凱嵐投入他的懷抱，墊起腳尖，為英雄獻上香吻。

睿甫直接反應地伸出雙臂抱緊她的腰，已有一星期沒嚐到的蜜唇滋味在體內激起一股欣喜，彷彿火球在小腹底部爆炸。他迷失在她的甜蜜滋味中，沉溺不能自拔，舌頭鑽得更深入。無視於光天化日、周遭的人群、一切的一切，他的手伸到她的臀後，將她抬起來抵在鼓脹的男性象徵上。

不知是什麼，也許是泰德用棒球手套敲他，總之，那提醒了他身在何處。他終於抬起頭來，看著凱嵐不自在地笑著。

凱嵐正看著他，一臉的困惑，雙眼迷濛，胸部隨著每一口呼吸而劇烈上下，嘴唇被他的鬍髭扎得紅而濕潤。她用手指壓在唇上，彷彿剛被燙著。

「可以回去了嗎？」泰德與蘭茵相互摟腰站著，各自牽著一個孩子，而亞倫則在他們的腳間晃來晃去。「來罐啤酒如何，睿甫？」

「好啊！啤酒很棒。」

他兩大口灌下肚，然後下水游泳，沖去一身打球的臭汗與污垢，接著游回來又喝了一罐。

他們吃了點剩餘的食物當晚餐，正常的倦意逐漸籠罩。當他們將野餐器具搬上車，開車返家時，睿甫已經微醺，但感覺並不難受。交通有些阻塞，睿甫樂得將駕駛的責任交給泰德。

事實上，他將所有責任全交了出去，自己則在凱嵐的肩上找到休憩的地方。他沉重地靠著她，手臂垂在她的身邊，手肘則落在她腿際的凹處。他用大拇指懶懶地摩挲她柔滑的皮膚，覺得手臂的汗毛與她細緻皮膚廝磨的感覺很舒服。

他或許曾轉頭吻了她的頸部，但他並不確定，也或許只是他太渴望，以致於想像自己吻了她。

抵達家門後，他竭力不讓自己在主人面前顯現一副步履蹣跚的樣子，但或許還是有吧！他鄭重感謝韓斯夫婦帶給他們美好的假期，而後相互道別。

他提著野餐裝備上前廊，發覺手腳有如橡膠般反應遲鈍，踉蹌走了幾步，野餐籃子便掉了兩次，他嘀咕道：「明天再收拾吧！」便將所有器具統統扔在地上。

「沒關係，」凱嵐抿唇忍住笑。「不過你能不能先開個門？」睡在她懷裡的亞倫變得非常沉重。

「可以，可以。」

但他光杵在那裡，呆望著她。

「鑰匙在你身上啊！睿甫。」

「噢！是啊！」他舉止笨拙地搜索褲袋，找出鑰匙。他將鑰匙拎在她的鼻子前面說：「搭──拉！瞧，我真的有鑰匙呢！」

她又忍住一個笑，但他正拚命轉鑰匙而沒有發覺。

「有人把鎖換掉了！」他那石破天驚的口氣一定跟當年愛迪生發明第一個電燈泡大叫「我成功了！」時不相上下。

「把鑰匙的鋸齒往上轉。」

他依照凱嵐的指示，門鎖應聲而開，門扉也隨之敞開，他瞪著她說：「妳真厲害，妳知道嗎？真的太厲害了。」

她裝出一種實在受不了的表情，翻翻白眼，擠過他面前，直接走到亞倫的房間，迅速送他上床。數分鐘後她回起居室，發現睿甫躺在沙發上，一手一腳掛在外面。她查看他是否重新鎖好大門，然後走回沙發俯身瞧他。

他已經睡著了。她撥開他額前一綹烏黑捲曲的髮絲。他醒過來。「凱嵐？」

「什麼？」

「妳真甜美。」

「謝謝。」

「妳好甜、好漂亮。」

「是啊！我知道。」

他沒聽出她的嘲弄，不知自己在出糗，只知淡淡的月光穿過玻璃門投射在他心愛女人的臉上，讓她看起來美麗極了。

他勾住她的脖子，將她拉下來親吻。凱嵐沒料到這突如其來的動作，更沒想到他的吻如此熱情，一個失足跌在他身上。睿甫竭力想調整適當的姿勢，徒然使得兩人一起滾落地板。

過了好半天他都沒發覺他的頭沉甸甸枕著的超柔軟的枕頭，其實是凱嵐的胸脯，直到他抬頭俯看她。然後他俯下臉將她在回家前重新繫在腰際的襯衫推到一旁，以唇觸碰她。

「妳有陽光的味道。」他的鼻子探入她的乳溝。「我喜歡陽光的味道。」

他挪動身體，讓大腿置入她的雙腿之間，緊密相貼。假如他意

識到她的雙臂消極地攤在身體兩側，兩手投降似地往外翻，他也沒有作聲。他只顧著重新挪動她的手臂，推到她頭上，接著用食指從手心沿著手臂內側劃到腋下，彷彿在為血管描繪路線圖。

「如果陽光可以品嚐，那一定就像妳的滋味。」他的嘴滑過她的雙峰，雙唇開合有如咬嚙。他沉迷在自己的動作裡，用凶猛的力道想解開她打結的襯衫下襬，好不容易拉開後，撥到一旁，接著進攻比基尼的釦子。

當她終於赤裸地躺在他的身體下時，他粗啞地耳語：「老天在上，妳真美麗。」

他虔誠地撫摸她，指尖來回刷過那片柔嫩的肌膚。他不慌不忙，沒有歉意，因為他相信她只是另一場夢，許許多多跟凱嵐有關的夢的其中一個。但是上帝，這個夢似乎特別真實！

他一手覆蓋住一個乳房，手指重新捏弄它們的形狀，用拇指與食指輕撫尖端，然後低頭含入口中。

他發出飢餓的人發現食物般的呻吟，猛吮雙峰，鬍髭摩擦現已被他吻得濕亮的乳尖。他豎直舌尖逗弄它們，想讓它們變得緊縮而堅挺，果然如此。

隱約中他發覺他下方的嬌軀在扭動，用一種即使他不太瞭解，但他的身體能夠領會的語言在對它訴說。

他抬起身體，解開她的短褲，不偏不倚地將手插入潮濕的比基尼下裝裡，覆住那片恰與他的掌心吻合的三角洲。他摩挲著，按壓著，享受密佈其上的柔軟毛叢，手指往下彎入那甜美神秘的地域。

他的呻吟由靈魂深處發出來，隆隆響過整個身體。「妳為我濕了。」

他激情地吻那不斷嚶嚀出聲的喉嚨，手指則進入那濕熱而誘人

的發源地。

他的呼吸在體內急促進出，或者那是凱嵐的呼吸？他無法確定。為了解答謎團，他用嘴重重壓在她的唇上，吻到兩人都再也不能喘息。他的舌頭深探她的喉部。

脫下她的短褲容易，但脫比基尼得用更多耐心與技巧，兩者在他將比基尼從她的腳踝掃開時，已完全遺棄了他。他挫折而笨拙地解除自己的衣物。

天啊！她的肌膚無比清涼。

他卻灼熱不堪。

她的身體接受了他，他陷入她濕滑的女性核心，因愉悅而戰慄不已，被溫暖、柔膩的女性部位整個包覆，真是前所未有的美好。

他將嘴放在她的耳上。「我等待這一刻已經好久好久，我想要⋯⋯這實在太美了⋯⋯親愛的⋯⋯」

他的雙手伸到她臀下，將她抬上來貼住他，開始快速而有力地衝刺。她的身體也開始包緊他，胸脯在他的嘴下顫動，抵著他舌頭的乳尖豎成堅硬的圓珠。

當他感受到她甜蜜的釋放滾滾而來時，他隨之爆發。

阿拉巴馬州，杭斯維爾

「我再也不要搬家了，我們就在這裡終老。」

「我同意，」男人疲憊地說。「名符其實的勞動節──做得要死！」

　　「好歹總算把一切都整理好了，除了那個裝滿海軍陸戰隊廢物的箱子。」

　　「對妳是廢物，對我可是意義非凡。」

　　她拍拍他的手。「我知道，我只是開玩笑。說到這個，你把那張照片寄給那位史楚德先生的遺孀了沒有？」

　　「還沒有，一直沒寄。明天我就去寄。」他的眉頭鎖住。「可是我不知道她的地址。」

　　「何不寄給海軍陸戰隊？相信他們能夠聯繫到她。」

　　「好主意。」他站起來，伸手將她一拉而起。「我們去睡吧！我累死了。明天提醒我寄照片。」關燈時，他補了一句。

13 好半天她才想起自己為什麼睡在地板上。既沒枕頭也沒毯子或任何東西可緩衝躺臥的不適，卻是好幾個星期以來首次一夜無夢地睡了個好覺。

她只移動眼睛從落地窗望出去，發現天色尚早。她小心地伸展僵硬且麻痺的腳，試著坐起來。他的手指纏在她的頭髮裡面。

拉扯了一兩下，髮絲終於與手指分開，她拾起地板上的短褲，踮著腳尖步向走廊。前往亞倫房間中途，她重新扣上比基尼胸罩，兩個罩杯被她整團夾在腋下過了一夜。

亞倫仍在睡夢中，似乎沒有馬上要醒的跡象。昨天玩得太累，難怪睡得這麼沉。凱嵐覺得慶幸，因為現在她必須專注地想點事情。

她穿上短褲，悄悄走過房子。睿甫動也未動地躺在客廳沙發前的地板上，呼吸深沉而平穩。凱嵐沒驚動他，逕自溜出屋外。

她從水療池旁的架子拿了條大毛巾，穿過樹林走向小溪。清晨時分非常安靜，旭日尚未射過茂密的林梢，赤腳下的草地涼爽而潮濕。

小溪淙淙而流。除了大雨會讓溪水形成一連串湍急的漩渦，平日裡溪流徐緩，非常適合喇蛄的繁殖。亞倫第一次來時還高興地握起雙手，那次是睿甫帶他來的——

睿甫。

他的名字在她心中轟然迴響，掃除了其餘的思緒。凱嵐嘆口氣，將毛巾舖在溪畔潮濕的草地，坐了下來。她彎起雙膝，將下巴抵在膝蓋上。

事情終於發生了。

記憶激起令人震顫的喜悅，在她的體內振動。她將額頭靠在膝上，努力不要回想銷魂的做愛，可惜沒用。她的頭腦或許不想記得，但身體保留著每一個甜蜜的細節。

她為什麼不抗拒？她可以的。他喝醉了，當他倒在她身上時，她可以將他推開，他可能根本感覺不出異樣。那為什麼沒有？

「因為我想和他做愛。」

瞧，她承認了。

她抬起頭望著小溪，彷彿巴望它會跟她爭辯，然而溪水漫不經心自顧流向低處。

自棒球比賽後那個吻，凱嵐便想跟他做愛。那個吻是個轉捩點。即使到現在，她依舊記得他在消耗體力的比賽過後，跋得比平

常明顯地朝著她跑過來的景象。

他的笑是鬍髭下雪白的一條縫。一束束因汗濕而成尖型的黑髮貼在額上，被汗水浸濕的短褲腰帶撐開來，在肚臍處微微往外翻。朝她跑來之際，他的雙腿，即使有疤痕的那條腿都看得到凹凸起伏的肌腱。

她從未見過如此勇猛剛健的男性。睿甫稱得上是男人中的男人，她內在每一處女性的部位都被他的男性氣概深深吸引，宛如小溪勢必要投向大海的懷抱。

他的吻帶著鹹味與沙粒，瀰漫在胸毛的汗水漫到與他相貼的胸前，當她感覺他強勁而雄壯的雙手將她的腹部按在勃然而起的男性象徵上，那時她已明白她想要他，而且會一償夙願，但情況可能得由她主導，而不是他。

後來，他在客廳開始親吻她的胸部，她滿心都在盼望這回不要再受到干擾。

說是著了魔也罷。

說是對理查不忠也行。

什麼都可以，在那當下，她一心只想感受睿甫進入她的身體的滋味。

「凱嵐？」

她嚇了一跳，轉過頭去，睿甫站在她的背後。他只穿著短褲，臉上是一片剛冒出頭的鬍渣與謹慎的神情。

「嗨。」

「妳沒事吧？」

她回頭眺望溪面，因為昨夜的纏綿而羞於正面看著他，胸部因

呼吸困難而發痛。「我沒事。我早起發現清晨很美……亞倫醒了嗎？」

「我出來時還沒有。」

「昨天大概把他累壞了。」

「大概吧！」

他在她身邊稍後的地方蹲下來，無所事事地拔起地上一把小草，細看它們，然後又撒回地面。「妳今天什麼時候上班？」

「今天不用上班。柏絲和我調了班，上週六和今天對調。所以我才沒急著叫亞倫起床。」

他理解地點點頭，再度站起來。他有點不安，兩人都沒開口提他們心中最想說的那件事。

凱嵐從眼角瞥見他漫步走向一棵樹，停下來，又回頭瞧瞧她。最後他終於走到樹前，將雙臂掛在最低但仍比他稍高的一根枝幹，手腕懸在樹枝上，垂頭看著地面。

她將頭放回膝上，想找到可說的話來打破沉默。

「昨夜的事是真的嗎？凱嵐。」

老天爺真幽默，她一向這麼想，所以禱告時千萬要小心。

她朝睿甫的方向望過去。他正在撕一片橡樹皮，再扔進溪裡。「你不記得了？」

「我只記得，如果不是我做了個纏綿悱惻的夢──」他深深吸口氣。「那就是碰上了這輩子最美好的事。」她一下轉過頭來，揚起宛如金紅披肩的秀髮，他看見她雙眸含淚，一陣莫大的悔恨扭曲了他的臉。「天啊！對不起。」

「沒關係。」

「怎會沒關係！」

「真的，不要緊。」

「我喝醉了。」

「你很放鬆。」

「我弄痛妳了嗎？」

「沒有。」

「我很粗暴嗎？」

「沒有。」

「因為我永遠不會原諒自己──」

「睿甫，那是我想要的！」

他心裡的千百個道歉突然在嘴邊消失無蹤。「真的？」

「是的。」她顫然吸口氣，開始撿起他剛才扔下的小草。「這陣子我一直在想……」

「想什麼？」

「你也許……也許想要有個孩子，我是說亞倫以外的孩子。至少一個親生的孩子。我不能偏執地拒絕──」

她的雙唇被一根修長而黝黑的手指擋住而無法言語，她再也避不開那具有穿透力的綠色眼珠，它直指靈魂般地看著她。「我會很高興至少有個親生的孩子，我也很感激妳這麼善解人意，但這是妳跟我做愛的唯一一個理由嗎？」

「不是，」她搖頭低語，「我只是不知道該說什麼。」

「妳為什麼跟我做愛？昨夜我醉醺醺地，而且一定蠢死了。」

　　她轉過臉來，依偎在他那讓人可以依靠的掌心，閉上眼睛，兩行淚水流落臉頰。但當她再度睜眼時，臉上含著微笑。「你不醉也不蠢。」

　　「少騙我了。」

　　她笑著舉起手鍾愛地撫觸他的頭髮。「你就像我最初遇見的你。」

　　「那是怎樣？」

　　「仁慈而慷慨，非常有趣。」

　　「拜託，別再說了，我不想得大頭症。不過妳這是將我比做聖誕老人嗎？」他露出那種渴望再要一顆糖果的小男孩般的諂媚表情。「我沒有任何更浪漫、迷人的特質嗎？」

　　她的笑聲有如陽光下的溪水般晶瑩剔透。「你的自尊心需要撫慰？」

　　「那是個不錯的開始。」他慢吞吞地說。

　　她害臊地看他一眼，繼續跟他玩遊戲。「好吧！想聽什麼？你雄壯威武、英俊非凡？我最好的朋友說，你是猛男加種馬——高尚型的種馬，這是非常少見的品種。」

　　「妳最好的朋友？怎會扯上她？我想聽的是妳的想法。」

　　「以上皆是。」凱嵐低聲招認。

　　「還有嗎？」他的鼻子沒入她耳上鬆散的捲髮裡。

　　「要逼我說出『光看到你的身體，我就熱血沸騰』這種話嗎？」

　　「聽來滿受用的。」

　　他的雙唇找到她的喉嚨，她的頭往後仰。「你出奇地好看、性

感，而且——」她用牙咬住下唇。

「而且什麼？」他追問，托起她的頭面對他的目光。

「而且，」她慢慢補充道。「我很高興嫁給你。」

他喊了聲上帝，究竟是祈禱或是無意義，凱嵐根本不清楚。他在她肩上輕輕一壓，她就躺到毛巾上，他隨著她臥下，部分身體覆蓋住她。

「我愛妳，凱嵐。」

她的雙臂在他的背部交叉，光裸的腿交纏在一起，數小時前身體做過的事，此刻四片唇又重新演練。

「妳今天不上班？」半晌後，他粗啞地問。

「嗯。」

「那我今天也不上班。不過我們去叫亞倫起床，給他吃早餐，再送他上托兒所。」

「為什麼？」

她丈夫對她露出那種使得她心臟震顫、雙腿融化的邪惡笑容。「因為我要和我的妻子在床上消磨一整天。」

「……是的，是的……」

「喜歡嗎？」

「好喜歡！」

「我怕我太深入，會讓妳不舒服。」

「不會……這樣……睿甫，很好……」

「甜心……凱嵐……我受不了了……妳還要多久？」

「還不夠。我要它維持到永久。」

「我也想，可是……」

「現在，現在，現在……」

「妳好美。」

「你讓我覺得美，而且很淘氣。」

「淘氣？」

「我從不曾這樣被放在鏡子前面欣賞，這樣很頹廢，不是嗎？」

「是很頹廢，可是這樣我才能一次看到全部的妳。抬起雙臂。」

「怎麼抬？這樣？」

「非常完美。妳餵亞倫母奶？」

「餵了一陣子。怎樣？」

「只是好奇。妳的乳房非常迷人。我說錯了什麼？」

「沒有，只是──」

「什麼？」

「你說的一些事會讓我尷尬。」

「不要尷尬。我愛妳。妳不喜歡我這樣碰妳嗎？」

「怎麼可能不喜歡？我……喔……」

「天啊！看看妳，我只不過碰妳一下……」

「你很懂得怎麼碰我……怎麼……」

「妳吃起來像牛奶。」

「用你的鬍髭——」

「又香又濃的牛奶。」

「還有舌頭——」

「妳的味道像凱嵐。」

「不要說它們醜。」

「每個男人的左半身都該烙上一圈跑道。」

「這些疤痕會痛嗎？」

「不會。」

「從來不會？」

「呃，偶爾會。」

「為什麼這道疤痕會從你的背脊一直繞到胸骨？」

「現在我很高興有它。」

「高興？」

「沒錯，因為妳的嘴唇貼著它的感覺很舒服。」

「就算你沒有疤，我一樣會吻它。」

「真的嗎？親愛的。」

「是的，我老早就想吻你的胸膛。」

「現在已經不只是我的胸膛，那是我的肚臍。」

「很接近。」

「說到接近……嗯，噢……」

「你害我離題。醫生為什麼這樣切割你？」

「當時我有好幾個器官內出血。」

「噢，天哪！」

「沒事。繼續妳現在的動作，我就全都忘了。」

「像這樣？」

「噢，寶貝，感覺真好。凱嵐，凱嵐，噢……甜心，這是妳第一次撫摸我。」

「我第一次看見你時──」

「怎樣？」

「你從水療池出來──」

「怎樣？」

「你讓人無法呼吸。」

「不對，我現在才真的無法呼吸……妳這樣撫摸我……讓人無法呼吸。」

「……但我對柏絲說，我不可能跟著足球隊溜進巴士。」

「妳是規矩的女孩。」

「我是膽小鬼，從來不敢惹麻煩。」

「柏絲呢？」

「你怎會發現我這塊小雀斑？」

「碰巧罷了。」

「這是我的胎記。」

「好。快告訴我柏絲後來怎麼了。」

「等我們回到學校，她跟那個之前她叫他『大公鹿』的傢伙從巴士下來。她臉上有一種……我不知道……表情吧！我頓時知道發生了什麼事，也是在那時候我明白了我和柏絲的不同，我無法為了性而性。」

「糟糕！確定嗎？」

「睿甫，快住手。我以為我們現在是在談話。」

「那就不要這麼可口地橫在那兒，好吧！抱歉，我們談吧！」

「我忘了我們在談什麼。」

「妳結婚時是處女嗎？」

「第一次還是第二次？」

「非常有趣。回答問題。」

「我們又不是在談這個。」

「妳說得對，抱歉問這種問題，這完全不關我的事。」

「是的，我是處女。」

「妳的口氣好像那是奇恥大辱。」

「我怕你會嫌棄我缺乏經驗。」

「我若嫌棄妳，現在會這樣做嗎？」

「我不知道我最喜歡哪一樣。你現在做的事，或是你的表情。」

「瞧它纏在我手上的樣子，色澤真美，好柔軟。這裡也是。」

「睿甫……你在做什麼？」

「放輕鬆。」

「可是⋯⋯不要！」

「我想做。」

「不要，我⋯⋯」

「拜託，凱嵐，讓我愛妳。」

「可是⋯⋯喔，天啊！睿甫⋯⋯」

「是的，是的，親愛的，妳實在太甜美了。」

「不要再說了，我受不了了，我的肚子痛死了。」

「再說一個就好，這個是說一位男士到寵物店買鸚鵡。」

「睿甫，我是說真的，不要再講那些骯髒的黃色笑話。」

「妳不是聽得哈哈大笑嗎？」

「這就是我的意思，我不應該哈哈大笑，我是淑女。」

「妳這樣跨坐在我腿上，而我在吃妳的乳頭當午餐，妳怎麼還好意思假裝自己是淑女？」

「睿甫！」

「哎呀，甜心，不要動，妳會把我弄得更趺。不過話說回來，繼續扭吧！它們晃來晃去的樣子真可愛。」

「厚臉皮的傢伙。」

「再聽一個笑話，妳才知道什麼叫厚臉皮。」

「什麼都阻擋不了你嗎？」

「沒錯。當個好妻子，乖乖聽我說。有位仁兄到了寵物店⋯⋯

凱嵐，我不是叫妳不要動。這位仁兄到寵物店，老闆說：『店裡來了這隻厲害的鸚鵡。』『牠會說人話嗎？』那傢伙問。凱嵐，妳在找麻煩，趕快停下來。『牠當然會說人話，』老闆說。『但有個問題。』凱嵐，我警告妳。『什麼問題？』那傢伙問。『這隻鸚鵡會說人話，可是沒有腳，』凱嵐……那仁兄就問：『那牠怎麼站在架子上？』老闆就說……噢，不說了。」

「這是笑話？」

「不，我想到更好的結語。」

「那是最難接受的部分。海軍陸戰隊送回來的幾乎一無所有，彷彿他這個人從未存在過。我的心全都碎了。他的殘骸甚至無法填滿棺木。」

「不要傷心，不要傷心，甜心。」

「他不該慘死。後來跟軍方打交道也讓人洩氣萬分。為了安全考量，他們不能或者是不願對家屬透露隻字片語，很多細節也含糊不清。」

「比如什麼？」

「爆炸那天早上，理查甚至不是睡在他的床位。為什麼？為什麼廢墟裡找不到一樣屬於他的物品？我希望有那麼一、兩樣東西可以握在手上，刮鬍刀也好，手錶也好，任何東西。」

「好了，如果說這些會讓妳難過，那就再也不要說了。」

「其實感覺沒有像說的這麼痛苦，而且說出來心情比較舒坦，你是個好聽眾。」

「我愛妳，凱嵐，我們必須談談理查。我希望我們兩人都能自

在地談到他。」

「我愛他，睿甫。」

「我知道。」

「但你知道我也愛你嗎？我沒想到我會再愛另一個男人，但我愛你。這是我的新發現，我愛你！睿甫，你哭了？」

「我是如此愛妳，凱嵐。」

「你永遠不會丟下我吧？」

「絕無可能。」

「發誓。」

「我絕不丟下妳。」

「我不敢相信下雨了。」

「只是午後雷陣雨，很快就會停。雨停了之後，我們就穿衣服去接亞倫。」

「雨還沒停，讓我們先享受這場雨。」

「下雨天要和人分享才有趣。」

「你是怎麼辦到的？」

「什麼？」

「你能讀出我的想法。」

「是嗎？」

「似乎從一開始你就知道我在想什麼。怎會如此？」

「因為我愛妳。」

「是的，但是——」

「轉過去，凱嵐。」

「我不懂你——」

「我們到底要不要在出門接亞倫前再做一次？」

「嗯。睿甫，不公平，你明知道你一碰我，我就會融化。」

「哪裡？這裡？」

「是的、是的。」

「我吻妳那裡呢？」

「我會死掉一點點。」

「妳也吻我吧！讓我們一起死。」

阿拉巴馬州　杭斯維爾

　　一封信被郵寄出去。

　　凱嵐哼著歌兒，查看牛肉燉得如何。連梅格也會為她驕傲。凱嵐蓋上鍋蓋，熄掉爐火，好保持溫度直到睿甫和亞倫回家。睿甫帶孩子出去辦事，凱嵐在家準備晚餐，這是她現在最喜歡做的事。

　　事實上，她發現這些天，她做每件事都覺得津津有味。自勞動節那晚過後，三個星期以來，她每天都過得快樂極了。

　　「度個假果然讓妳脫胎換骨！」凱嵐在假期過後回到工作崗位那天，柏絲大喊。「妳像一塊新銅板那樣閃閃發亮，我打賭是睿甫把妳擦得亮晶晶的！」

　　凱嵐被這句帶點猥褻的話逗得大笑。「妳說對了，我在戀愛。」

　　「真令人感動，因為睿甫已經打了兩次電話來問妳到了沒有，他還要我代他給妳一個吻，但我拒絕照辦。你們兩人發生了什麼事？」

　　「沒什麼啊！」凱嵐輕快地撒謊，拿起電話準備給睿甫回電。距他們分手不過半小時。

　　「我打賭你們去租了A片回家看。」

　　「沒有。」

　　「妳訂了那組我叫妳看的《花花女郎》夫妻情趣用品？睿甫喜歡可以吃的內褲嗎？」

　　「妳閉嘴好嗎？」凱嵐大笑。「我才不做那種事。」然後對著話筒說：「嗨，你打電話來？」

　　「你們服用人參片？」柏絲滔滔不絕。「還是妳每晚都餵他吃生牡蠣？」

　　「沒有！抱歉，睿甫，柏絲問我是否每晚餵你吃生牡蠣……什麼？……不，我不要這麼對她說……不……喔，好吧！柏絲，睿甫說要告訴妳，要是他每晚再吃生牡蠣，我們就得買新床墊了。現在請安靜，我跟妳說過我在戀愛，我要和我丈夫說話。」

　　我在戀愛，凱嵐快樂地想，穿過起居室，撿拾亞倫醒時丟下的玩具。她發現客廳桌上有一疊未拆的信件，拿起它們轉回廚房，坐在吧台的高腳椅上一邊瀏覽信件，一邊等候男主人返家。

　　有封特別的信件引起她的注意，那是海軍陸戰隊寄來給她的。她撕開來，發現裡面另有一封蓋了個「請轉寄」印章的信。左上角寄件人的名字挑動她的記憶，直到看到回郵地址，阿拉巴馬州杭斯維爾，她才依稀想起理查有個隊友是當地人。她好奇地打開第二封

信，取出一紙白色信箋，一張照片掉落吧台。

那封信很簡短，寄件人先自我介紹，並表達對理查罹難的哀悼，然後說他最近找到一張照片，或許凱嵐會想要保存，最後由衷祝福她未來人生幸福。

她將信紙放在一旁，拿起照片。三名海軍陸戰隊人員中間對她微笑的那一個正是理查。他看起來與她最後印象中的模樣如出一轍，理著短及耳上的海軍陸戰隊平頭，身著軍裝，但臉上有抹有趣的笑意，彷彿拍照前有人說了一件非常好笑的事。鏡頭抓住了理查自然而迷人的笑容。

他站在兩名同僚之間，彼此的手臂友善地搭在對方肩上。寄件人很周到地為凱嵐附加說明，他就是理查右側那個人。他有張坦誠而家常的臉，大耳朵，露齒而笑。人們會毫不猶豫地向這種長相老實的人買二手車。

凱嵐的視線移到照片的另一邊，理查右側那個人的下方整齊寫著「浪子」幾個字。聰明人向此人買二手車絕對要小心。

長得那麼好看的傢伙可靠嗎？他像鱷魚般咧嘴笑著，黝黑的臉龐露出一排雪白的牙齒，靈活的綠眼睛從濃黑的睫毛之後睨睇著世界，一副準備要把戲作怪的神情，凱嵐直覺認為他就是說笑話逗得大家大笑的人。浪子一張笑臉洋洋得意，大言不慚，自負之至。

而且熟悉之至。

那是她丈夫的笑臉。

不可能搞錯。即使理著海軍陸戰隊超短的髮型，沒有眼罩、沒有鬍髭，那張笑臉依舊是睿甫。

凱嵐像手指被燙著般扔下照片，瞪著掉在吧台上的照片，無法再去碰它。

一定有合理的解釋。理查和睿甫肩搭著肩？睿甫曾是軍人？照片上的睿甫怎會是理查在開羅時寫信告訴她的「浪子」？

浪子是脂粉陣中的花蝴蝶，四處留情的花花公子，理查的死黨，也是她一屑不顧的那種男人。

她居然嫁給了他。

一堆複雜的牽連有如虎頭蜂向她襲來。她抱住頭，咬住下唇壓制從胸腔冒出來的嗚咽聲，強行吞嚥突然充滿喉嚨的苦澀味道。

其中一定有些解釋。一定有。睿甫走進來看見照片會說：「天啊！真嚇人，妳相信有人長得和我這麼像嗎？」或是「據說每個人在世上都有另一個攣生手足，浪子八成就是另一個我。」或是「這年頭合成照片居然可以做到這種驚人的地步。」

一定是個錯誤。

然而，不是錯誤，她心裡明白。

她聽見他的貨車駛進車道，五臟六腑在翻騰，血流在狂攪，頭部轟然作響，但外表彷彿一尊木頭雕像，動也不動。

「在妳生氣之前先聽我說，」睿甫一踏進門便說，「亞倫和我一致投票決定不算離晚餐時間太近，他可以在回家路上吃點餅乾，所以我們拆了包裝，他的襯衫才弄得——怎麼了？」他偶然抬頭，看見她譴責的臉色。孩子雙手糊滿餅乾不至於讓她那麼憤怒吧？「凱嵐？」

他朝她走過去，來到吧台，瞧見那張照片。他說了句粗話，轉過身去，在一連串咒罵聲中走到窗前站住。他聳起肩膀，雙手手掌插進牛仔褲後面的口袋。

「過來，亞倫。」凱嵐以一種表面上的冷靜抱起兒子，但真正的她想要狂叫，直叫到完全沒有力氣再叫，她想用腦袋去撞牆，並

把睿甫的腦袋也抓去撞牆。

她將亞倫抱到水槽上，清洗他的臉和手，然後放到廚房地板上，給他一堆他很喜歡玩的五顏六色的塑膠量杯。

最後她轉向吧台，拿起那張照片端詳片刻，然後說：「你照相挺好看的。」

睿甫以那雙西部靴子的腳跟為軸慢慢轉過來，那雙靴子如今在凱嵐看來和他所有的一切同樣地虛假不實和矯揉做作。

「所以妳已經知道了。」

「沒錯，我已經知道了，」她憤怒地說。「俗話說的沒錯，老婆總是最後一個知道。」

「我會告訴妳的。」

「什麼時候，睿甫？什麼時候？等到我們垂垂老矣、白髮蒼蒼？等到我年老力衰，再也無法像現在能用全身每一個部位來痛恨你的時候？」

「痛恨我，或是我做的事？」

「都有！我簡直無法忍受看到你，『浪子！』」

她像在說一個最最齷齪的字眼般，吐出那個綽號，他忍不住打哆嗦。「我知道妳對浪子沒有好感，所以才沒有立刻告訴妳我是誰。」

她歇斯底里地大笑。「浪子。我嫁給了浪子，一個眾人周知，到處風流的男人；一個來者不拒，反正到了晚上所有老鼠都是一樣灰的男人。」

「凱嵐──」

「你不是這樣跟理查說過？」

「是的，但那是從前──」

「我不想聽，」她大叫，雙手在空中亂揮。「我不要任何解釋，除了一點：你為什麼要這樣做？目的是什麼？你到底在玩什麼骯髒的遊戲？」

「這不是遊戲，」他理性的口吻，與她尖銳的語氣形成強烈的不協調。「絕對不是，從一開始就不是。」

她控制脾氣，做了幾個試圖恢復冷靜的呼吸。「那是什麼時候？我相信我們的相遇絕不是巧合。」

「沒錯。」

「那這一切是從什麼時候開始的？」

「從我在西德的醫院醒來，發現自己還活著的時候。我瞎了一隻眼睛，傷勢嚴重到理應救不回來，卻又活了下來。」

「這跟我有什麼關係？」

他向她走過去一步。「妳想知道理查為什麼沒有睡在自己的床位？」她點頭，儘管並未提出任何問題。「大使館遭到攻擊前一夜我喝醉了，理查幫我脫衣服，我幾乎沒有印象，只記得當時倒頭睡在他的床上。爆炸時他睡的是我的床位。」

她一手摀住嘴，一手抱住肚子，雙眼湧出淚水。

「我同樣覺得痛不欲生，」睿甫陰鬱地說。「當我發現理查死在我的床位上時，我根本不在乎自己是死是活。」他移開視線，再度感受到那份痛楚活生生地輾過他的身體，使得他軟弱無能，成了孬種。「但我活了下來，一名和我有交情的傳令兵協助我得知妳和亞倫的下落，所以一康復出院，我便趕來找妳。」

凱嵐抱著肚子，在吧台前走來走去，上身前後輕搖，彷彿想搖

去將她的內在撕成碎片的痛苦。

她轉身向他叫道：「在我看來，你這個軍人也太過忠於職守了。你做得太過分，也太離譜了。我不要一個出於道義良心而和我結婚的丈夫，我承受不起！」

她高亢、激烈的吼叫使得正用量杯敲地板的亞倫停下來，抬頭看她，下唇也開始顫抖。「媽——媽。」

兒子發抖的聲調將凱嵐從羞辱的情緒中稍微拉開，她在他身邊蹲下來撫摸他的頭。「沒事，親愛的，玩杯子。看見沒？好棒啊！它們全倒了，幫媽咪再把它堆起來。」

暫時得到安撫的亞倫，重拾手邊的遊戲。凱嵐再次面對睿甫，他的臉色幾乎與她一樣僵冷，說話時雙唇僅僅微動。「不是妳說的那樣。」

「那就告訴我，是怎樣，」她輕蔑地說。「告訴我，是什麼動機讓你來到這裡，引誘我跟你——」

「『結婚』，凱嵐。」他生氣地加重語氣。「我們結婚到底有什麼可恥？」

「因為這一切全是設計出來的，所以可恥。我不相信我會白癡到上這種當、上你的當。你討人喜歡的態度、你對亞倫的關心、你對我的一見鍾情、你……你的一切，還有你那輛保守的車！你是根據『寡婦指南』訂做的、夢幻成真的第二任丈夫，不是嗎？你為何費這些心力？到底為什麼？」

「我愛妳。」

她把手臂往前伸，彷彿要把他擋開。「不……不准再跟我玩文字遊戲。」她一字一字地吐出來，不願再大吼而驚動亞倫

「我沒有，凱嵐，我之前愛妳，現在一樣愛妳。」

240

「那是不可能的。」

他堅定地搖頭。「這個故事最重要部分，妳還不知道。」

「那求求你快說吧！」

「妳的信。」

她頓時靜下來，被他弄得啞口無言。「我的信？」

「妳寫給理查的信。」

她跌坐在高腳椅上，望著從親愛的丈夫變成陌生人的男子。事情發生得太突然，見到照片，她已有如腳下的地毯被人扯掉，現在彷彿連地板也塌陷了。什麼時候她才會跌到谷底？

「你看過那些信？」她那質問的語氣清楚表明這是他到目前為止所招認最可惡的罪行。

「住院期間，它們被誤送到我的手裡。」他說出將鐵盒借給理查收存信件一事。「他們把鐵盒連同我的東西一起送來給我，我開了鐵盒，沒錯，凱嵐，我看了妳寫給丈夫的情書。」

他走向吧台，用雙手覆蓋住她的手。「我不敢指望妳能理解，但我發誓，我是靠那些信活下來的，那些珍貴的一字一句遠比任何藥物、手術與治療更為有效。它們讓我想要活下來，然後來找寫信的人。我記得每一封信的內容，我可以當場對妳背誦信中的每一個字，它們已經深深刻在我的心田，遠比升旗典禮前朗誦的『效忠誓詞』或是教會的『天主經』更深刻。它們──」

「噢，拜託，把這些話留給你下一任犧牲者吧！」她用力抽回自己的手。「我不想聽這些。在你這樣的耍弄我之後，你以為我還有可能相信你其他的話嗎？」

「我不認為這是在耍弄妳，凱嵐。」

「不是耍弄？那些蘭花，這棟房子，」她站起來，又開始踱步。「每一樣都是。一切終於拼湊得起來了，你看似能讀我的心思，但其實你『早就知道』，因為你看過我的信。」

「而且深有同感。」

「難怪你能輕而易舉地操縱我。」

「我只是做了我能力範圍內能做的每件事。」

「追求我，討我父母的喜歡──」她突然停住，瞇起茶褐色雙眼看著他。「我的天，是你在背後運作，讓他們的房子被劃入商業區，是不是？」

他大步來到她面前，按住她的肩。「聽我說，凱嵐，在──」

她揮開他的手。「是不是？」

「好吧！是的！」他也吼道。

「房子買賣呢？那麼優厚的價碼，讓我們都非常驚訝，而且不偏不倚就在我們結婚時順利地完成交易。一切都是你的安排，是不是？」

他的臉色封閉、冷硬，而且充滿罪惡感。

「我懂了，」她輕聲發笑。「難怪你會認為你可以名正言順的娶我，並撫養亞倫。我們是你花錢買下的，對不對？」她用雙手使勁地在臂膀磨上磨下，彷彿想刷掉骯髒的感覺。

「不要這樣，該死，我說過我愛妳。」

「這話來自『浪子』口中，我簡直說不出該感到多麼欣慰。」

「那種日子已經結束。」

「我不懷疑，但你揮出漂亮的最後一棒，不是嗎？你敲定你最

後一項戰利品是個孤單可憐、拖了個孩子、最不可能拒絕你的寡婦。得了，睿甫，承認吧！在你那顆耍詐、虛偽、狡滑的心裡，你難道不是覺得自己如今已然失色，別的女人會嫌棄你，而我卻可能接受你？寡婦往往更急著找男人，不是嗎？可憐的凱嵐，一心想找個男人照顧她，哪有資格嫌棄眼罩和一副疤痕累累又瘸了腿的身體？」

她不讓自己為了劃過他臉上的痛苦而羞愧。

「那不是真的。」

「不是嗎？等你再次確定自己擁有致命的吸引力時，你打算怎樣甩掉我和亞倫？或者你認為我會如此感激你在床上帶給我的快樂，所以我會對你外面的快樂不聞不問？」

他垂下頭。「妳到底要我怎樣，凱嵐？」

「我要你不要來煩我。」她從地板上抱起亞倫，保護似地擁在胸前，疾步走向後門。「你對我的所作所為太過分了，睿甫。你欺騙我，操控我的未來，你和我結婚是出於同情，而且是因為害怕如今只有我會要你。不過你還可以再幫我一個忙，路爾先生，那就是永遠滾出我的生命。」

14　「妳是個道道地地的白癡，妳知道嗎？」

在凱嵐一股腦兒地托出整個醜陋故事的當兒，柏絲一直凝神而坐。一個小時前凱嵐來到柏絲家中，百感交加的心情，絕非沮喪所能描寫。亞倫吃了起司烤三明治，洗了澡，換上柏絲買的T恤，以及柏絲為他準備他來時用得著的尿片。他相信了睡柏絲阿姨的床會很好玩的說法，此刻已在床上睡著。

小公寓的起居室裡，柏絲盤腿坐在地板上，凱嵐縮在短沙發的角落，兩杯白酒在咖啡桌上。

凱嵐滿心以為柏絲會和她一樣，對睿甫叛經離道的行徑感到義憤填膺，必要時，甚至聯手一起將他轟出小城。「白癡？」她跟著唸道，以為自己聽錯了。

「白癡，蠢蛋，實在有夠……噢，算了！」柏絲暴躁地說，站了起來。「我要去睡了。」

「等一等，」凱嵐大叫。「我剛才說的話，妳一個字都沒有聽進去嗎？」

「妳自怨自艾的每一字、每一句，我都聽得清清楚楚。」

「而妳只能說這些？」

「我只能說這些。如果妳以為我會坐在這裡陪妳撻伐睿甫‧路爾那個爛人，妳會大失所望。」

「他真的很爛！我不是告訴妳——」

「沒錯、沒錯，妳全都告訴了我。從他如何在異國的軍事醫院醒來，瞎了一眼，也癱了一半，不知自己是死是活，不知能否僥倖不死、能否再爬得動，更別說是走路、做愛，或從事一切常人能做的活動。他醒來發現好友已慘遭宗教狂熱分子轟上天國，自己卻奇蹟似地保住小命，只不過像睿甫‧路爾那種無情無義的小人，不會把這些當一回事。」

她的語氣裡充滿濃濃的諷刺，如同剛才在水槽沖洗酒杯時，水沖了出來那般。

凱嵐被柏絲輕蔑的態度嚇壞了，說道：「好吧！我承認他的身體受了一些苦。」

「多麼誇大其辭，凱嵐。」

「好吧！那是去地獄走了一遭，可以了吧？可是，那些信怎麼說？偷看我的信，像個變態一樣記住信裡的內容。」

「真是肉麻透頂！他怎麼做得出那種事？連范強生也演不出那種愛情戲。想想睿甫如此可怕的行徑；想想他居然有膽量重新規劃

人生，只為了來找這個寫信的女人；想想一個只需勾勾手指，丟出一個『過來』的眼神，就能釣上任何女人的傢伙，居然這樣不辭勞苦地來找妳，把妳當成他的靈魂伴侶，甚至欠缺高尚人格，沒有先釣妳上床，而是按部就班地先和妳結婚。」

「那只是出於同情，」凱嵐冷冷地提醒毫不同情她的柏絲。「因為他覺得該為理查的死負責任，所以要補償我。」

「沒錯，犧牲自己，受苦受難。換成其他任何男人，頂多來看看妳，致上哀悼之意，幫點小忙，給點資助，等妳婉拒後，他們就此良心舒坦地打道回府。但睿甫沒有，噢，他沒有，他一定是希望世人將他當成不切實際的社會改革者，所以他守在這裡，認識妳、與妳結婚，開始保護妳的兒子，還為你們蓋了棟連石油大亨洛克菲勒都會自嘆不如的房子。」她嘖嘖出聲，搖頭不迭。「多麼陰險奸詐、卑鄙下流的小人。」

「妳難道不覺得，他讓我爸媽的房子被劃入商業區的作為，非常卑鄙嗎？」凱嵐生氣地叫道。「他暗中推動房屋的交易非常陰險嗎？」

「多可恨的手法啊！」柏絲大喊，用手臂遮住眼睛假裝害怕。「他暗中搞鬼，讓他們完全不必操心，他開出最高的房價，賣掉舊屋，讓他們開心上路，實現多年來的願望。這男人簡直一點良心都沒有。還有他對待亞倫的方式也令人齒寒，他不知道有許多父親虐待親生兒子嗎？如果他想做個真正的父親，他就該對孩子惡言惡語、疏忽不理、毫無耐心。」

「夠了，柏絲，我得捲起褲管，免得被妳的口水淹沒腳。」凱嵐猛揉脹痛的太陽穴。「我早該料到妳會站在他那邊。」

「跟那種爛人站在同一邊？不可能。要是那樣，我就會直接罵妳是個自私的婆娘。」

「自私？」

「我會說妳這個人平白無故碰上天大的幸運，卻不知好歹。要是我站在睿甫那一邊，我會說有人寧願倒楣，也不願珍惜幸福。」

「不要說了！」

「反正這樣比較安全，用不著冒險。不付出，就不會失去。」

「妳只看到他的好處，才會說出這堆廢話。妳從一開始就迷戀他。」

「坦白說，我對那種既充滿男子氣概，又充滿柔情蜜意的傢伙一向招架不住。」

「那好啊！你們兩個可以處得很好，因為你們都是用生殖器官思考的人種。」

柏絲倒吸一口氣，憋了許久，然後才慢慢吐出來，但身體依然僵硬。「我要去睡了，免得我想揍妳，今晚我奇蹟似地一直忍住沒有動手。亞倫可以和我一起睡，我寧可跟比妳成熟的亞倫相處，至於妳，好朋友，自己看著辦吧！」

「回來，妳不能吵架吵到一半，就這樣走掉。」

「妳看我能不能。」

「對不起，我不該說那麼差勁的話，我不是故意的。柏絲，求求妳，告訴我，我該怎麼辦？」

柏絲轉身回來，對她怒目以視。「很好，是妳自己問的，妳給我聽著：妳不是在跟我吵架，是在跟自己吵；妳氣的不是我，甚至不是睿甫，是妳自己。」

「這是什麼意思？」

「妳是第一名畢業的好學生，自己想啊！好了，晚安。」

柏絲逕自往通道走去，然後關上房門。凱嵐回到起居室，淚水刺痛了雙眼。她茫然地徘徊，自怨自艾地生著悶氣。

　　這算什麼友情！她覺得遭到背叛。即使她在驚濤駭浪中快要滅頂而向岸上的柏絲揮手求救，而柏絲只站在那裡冷嘲熱諷，凱嵐也不會更感到這般淒涼與孤獨。

　　她原本指望柏絲會卯足全力支持她，和她團結一致，像啦啦隊般與她一唱一和。「好女孩。給他點顏色瞧瞧。就是這樣。對極了。」沒想到柏絲卻只同情睿甫。

　　凱嵐砰然倒向沙發，猛灌了一口酒。「那也難怪，」她喃喃怒語。柏絲是女人，早就拜倒在浪子的魔力之下，如同之前千百個女人般暈頭轉向。就這麼簡單，柏絲為了壯碩的二頭肌和性感的黑鬍髭便成了叛徒，要是扯上浪子牛仔褲裡鼓脹的風光，哪還顧得了忠誠的友情？

　　凱嵐冷笑著，又灌一口酒。

　　但她扯什麼凱嵐氣的是自己，那又是什麼意思？

　　沒什麼。毫無意義。柏絲最愛話說一半，語意不清，讓人莫名其妙，好像在烤盤上隨便甩了幾匙生麵糊，把餅乾烤得半生不熟。

　　但如果是這樣，她又為何一直想個不停？

　　她為何認為她真的有可能是在氣自己？她到底在氣自己什麼？

　　氣自己愛上睿甫。

　　她砰地放下酒杯，重重地走到窗前，猛拉窗簾的繩子，拉開窗簾往外望。但除了映在玻璃上的影像，她什麼也看不見。她被迫與自己面對面地爭論。

　　她承認她也對睿甫深深動心，同樣無法不受漂亮二頭肌的影

響。至於他的慷慨？他不變的善良？他在床上的輕憐蜜愛？

　　她用拳頭壓住雙唇，抑制一聲啜泣。她不願想到任何他的輕憐蜜愛所帶來的歡愉，因為罪惡感的滋味太過苦澀。不知怎地，日子過下來，去愛睿甫、與睿甫一起生活，已逐漸變得比讓理查永遠活在心中更為重要。她讓星星之火燎原，鑄下了不可原諒的罪過。

　　柏絲說的沒錯，她氣的是自己居然愛上了睿甫。

　　她無法為了大使館爆炸那日他睡在理查的床位而怪他，那是命運作弄人。他並沒有利用她的信佔她便宜，只是引發她內心的渴望。對亞倫來說，他是個模範父親。他有雄心、有成就，但不會為了追求財富而為工作所奴役。

　　沒錯，他隱瞞身分，沒有先說他是理查的好友，然而假如他一來就報上浪子的名號，她一定沒命地逃跑，永遠不可能和他在一起。假如他只是為了道義與責任才與她結婚，那他絕對拿過最佳男演員獎。

　　睿甫給她的愛不可能是裝出來的，也不可能求得來，或強迫得來。那樣的愛只能發自內心。

　　如果那份愛如此深刻、強烈，那怎麼可能有錯？

　　她逃出柏絲的公寓。一上車，千百種可能性在心裡竄動，如同車頭燈前營營飛舞的小蟲。他會不會已經走了？她會不會再一次失去她的愛？第一次她無能為力，但這一次是她將它拋棄。

　　正如柏絲說的，她是道地的白癡。

　　望見他的貨車及房車仍然停在屋前的車道時，屏住的氣息才放鬆地吁了出來。她走進大門，發現臥室有微弱的光，趕緊衝過去。

睿甫坐在床邊，垂頭看著一張紙，經過無數次的摺疊，紙張摺痕已經變得很薄，她認出那是她寫的其中一封信。其餘的信件則凌亂堆在他身邊。房裡的光原來是壁爐裡不合季節的火光，他燃起爐火在看信。

聽見她進入臥室的聲音，他抬起頭，疑問的眼光一直看著她，直到她走近。她低頭瞧瞧那張磨損的信紙，從他手中拿過來看內容，當她讀到那行寫著「聽起來此人很像是我最討厭的那種男人」時，不禁淚水盈眶。

她動作飛快地將散亂的信紙，包括信封，一一抓起，走到黃銅柵欄旁，將所有信件投入漸熄的火中。

「凱嵐，不要！」

紙張著火，爆裂而捲曲，在木頭上燒了起來。火焰非常短暫，不消片刻那些信件即已燒成灰燼，點點火星飄向煙囪。

凱嵐轉向他時，臉上淚水成行。「你不需要別人的殘餘物，睿甫。如果你想知道我在想什麼、我有什麼感覺，那就問我，讓我為你打開心房。至於理查……」她停下來，窸窣地深吸一口氣，指甲戳入手心裡。這是她有史以來說過最痛楚的一番話，但她終於道出了被她長期忽略的事實。「理查已經過世，我愛他，我們經由那份愛一起創造了另一個生命，我永遠會感激有亞倫可以做為活生生的證明。但理查已經遠去，而我愛你。」

「凱嵐。」他的聲音瀕臨破碎的邊緣。

她投入他的雙臂裡，它們環抱她，將她嬌小的身軀緊擁在身上。他的臉埋入她的頸窩。「我愛你，睿甫。你若想知道我的愛，只要看著我，從我的眼睛裡就可以看到我的愛。」

「不，不要離開我。」她抗議著，雙腿以驚人的力氣夾住他。

「我會太重吧？」

「我喜歡。」

「妳真是個怪胎。」他抬起頭對她微笑。

「我是怪胎？是誰只經由一個女人寫給別的男人的信，就愛上了她的？」她往後偏頭，看清楚他。「我若是個惡婆娘，你會怎麼辦？」

「妳若是個惡婆娘，或跟妳完全不一樣的人，我就會表明身分，致上哀悼之意，提供一些經濟援助，然後向妳說再見。」

「柏絲也這麼說。」

「是嗎？」

「在她還願意跟我說話時，是這麼說的。」

「我錯過了什麼嗎？」

「天亮後我會告訴你，現在我很忙。」她放任舌頭享受探索他的耳朵的愉悅。

「我們的兒子安全吧？」睿甫在她美麗挺起的乳尖上喃喃問著。

「他和柏絲一起睡。」

「妳覺得那樣安全嗎？」

他們大笑，笑完之後，睿甫的臉部扭曲起來。「會痛嗎？」她問。

他的嘴斜開一道飢渴鱷魚的笑容。「再多笑幾下。」

不過他們沒有再大笑，而是接吻。當她感覺他身體再度充滿對她的渴慾時，她用雙手捧住他的臉，移到自己臉上。「原諒我，我

對你說了可怕的話，你的疤痕那些的。」

「我知道妳不是故意的。」

「還有你的眼罩，」她摯愛地摸摸他的臉頰。「我想我知道你為什麼寧可戴眼罩，而不裝義眼。」

「為什麼？」

「你戴眼罩是為了叛逆它所代表的傷殘。裝義眼、掩飾疤痕，其實更為容易，但你從來不走容易的路，是不是，睿甫？」

「再也不是了，那是我從前的習性。事故發生之前，我遊戲人間，將人生當成一連串為我召開的盛筵，但人生以最嚴厲的方式讓我明白不是那樣。」他思索下一個想法，任她的髮絲滑過指間。「說不定我是利用眼罩在當擋箭牌，因為眼罩之下是最醜陋的疤。說不定我害怕妳若是看到那個疤，就會看到我最醜陋的部分，亦即我的詭計。」

「我們之間再也沒有秘密，睿甫。」

「再也沒有，永遠沒有。我所有的防衛都已解除。」

他的手指迷失在她的秀髮中，他的嗓音變得溫柔但粗糙。「妳有理由生氣，凱嵐，我的確要了詐讓妳和我結婚。當我見到妳，發現妳比信中所展現的一切更美，我就不能不得到妳，無論使出的是光明正大或卑鄙齷齪的手段。我從來不想取代理查在妳心中的地位，而是要創造我的地位。」

「我覺得你最大的罪狀就是太性急。」

「怎麼說？」

「假如你表明自己就是浪子──」

「妳連看都不會想看到我。」

「剛開始或許吧！但等我瞭解你之後就不一樣了。我想說的是，我覺得這一切都是註定好的。」

「妳是說無論怎樣，我們都會成為夫妻，同床共枕，做這種事？」他進入她的體內。

「是的，」她輕聲喘息。「記不記得你說只要我心裡還有別的男人，那就沒有你存在的空間？」

他的嘴斜一邊，懊惱地笑著。「如果我沒記錯，我的口氣太殘酷了。」

「或許殘酷，但很正確。」她以唇輕觸他的嘴，停留在那裡。「你把我的生命變得完整，睿甫，你讓我的身心靈一切俱足。」

然後，以極輕柔的動作，且未曾受到他的阻擋，她將手指穿入他的髮間，移除了他的眼罩。

〜全文完

國家圖書館出版品預行編目資料

偷心計畫／珊黛·布朗（Sandra Brown）著
－－第一版－－台北市：宇炯文化 出版；
紅螞蟻圖書發行，2010.9
面　　　公分－－（典藏小說；11）
ISBN 978-957-659-776-3 (平裝)

874.57　　　　　　　　　　　99007782

典藏小説 11

偷心計畫

作　　　者／珊黛·布朗（Sandra Brown）
翻　　　譯／容寧
美術構成／葉若蒂
校　　　對／鍾佳穎、周英嬌、楊安妮
發 行 人／賴秀珍
榮譽總監／張錦基
總 編 輯／何南輝
出　　　版／宇炯文化出版有限公司
發　　　行／紅螞蟻圖書有限公司
地　　　址／台北市內湖區舊宗路二段121巷28號4F
網　　　站／www.e-redant.com
郵撥帳號／1604621-1　紅螞蟻圖書有限公司
電　　　話／(02)2795-3656（代表號）
傳　　　眞／(02)2795-4100
登 記 證／局版北市業字第1446號
港澳總經銷／和平圖書有限公司
地　　　址／香港柴灣嘉業街12號百樂門大廈17F
電　　　話／(852)2804-6687
法律顧問／許晏賓律師
印 刷 廠／鴻運彩色印刷有限公司
出版日期／2010年 9 月　第一版第一刷

定價 230 元　港幣 77 元

ISBN　978-957-659-776-3　　　　　　Printed in Taiwan